KB140691

덕분에

덕분에

이용수 수필집

수필과비평사

책을 내면서

나는 본디 글을 쓸 수 있는 사람이 아닙니다. 글을 쓰게 된 것은 아내가 하늘나라로 떠나고 난 후부터입니다. 모진 태풍을 만나 넘어졌습니다. 발에 밟힌 풀잎처럼 바짝 엎드려 글을 쓰기 시작했습니다.

그 글은 기도문이었고, 일기였고, 마음의 안정을 찾지 못하는 아들에게 보내는 편지 글이었습니다.

걸음마다 진흙과 돌멩이 길이었고, 어떤 때는 칼바람이 휘몰아쳐 견디기 힘들었습니다. 그런 속에서 잠 못 이루는 밤에는 고해성사하듯이 글을 썼습니다. 그러고 나면 영혼에 평온이 찾아왔습니다.

처음 글을 쓸 때는 등단을 하겠다든지 책을 내겠다는 생각은 없었습니다. 그렇게 수년이 흐른 어느 해, 대학교 평생교육원에서 수필을 배우기 시작했습니다. 다행히 좋은 지도교수를 만나는 행운이 따랐습니다.

2014년도에 수필전문지 《수필과비평》에 〈말과 말〉이라는 글로 신인상을 받았습니다.

직업에는 은퇴가 있는데 다행히 글 쓰는 일에는 은퇴가 없었습니다. 글 쓰는 일이 여간 힘든 일이 아니었지만 서두르지 않고 시나브로 썼습니다.

모아둔 글이 다 경건한 기도문이었기에 버리기가 아까웠습니다.

그 많은 글을 간추려 《덕분에》라는 제목으로 수필집을 내게 되었습니다. 부족한 점이 많은 글이지만 책을 내고 나니 자녀가 귀한 가문에 득남한 듯이 뿌듯합니다.

이 한 권의 책 속에는 많은 분들의 애정과 도움이 스며 있습니다. 그러나 내 인생을 축약해 놓은 것이라 심히 부끄럽기도 합니다.

편안한 마음으로 독서를 즐기며 글을 쓸 수 있도록 정성을 다해 준 사랑하는 아들과 며느리에게 감사의 뜻을 전합니다.

책을 내기까지 어려움을 참아가며 애써 이끌어주신 박양근 교수님께 감사드립니다. 출판을 위해 수고를 아끼지 않은 《수필과비평사》에도 감사드립니다.

2018년 가을

이 용 수

■ 차례

책을 내면서 _ 4

1부

늦바람

글 농사 _ 12
말과 말 _ 17
가슴을 데우는 사람 _ 22
정신의 산소酸素 _ 27
늦바람 _ 32
사랑의 고리 _ 37
내 고향 수양교회 _ 42

2부

둥지

둥지 _ 48
덕분에 _ 53
아내가 그립다 _ 58
숙성된 졸업장 _ 63
고마운 눈물 _ 68
아버지 생각 _ 73
어머니 연가戀歌 _ 78
살아야 할 이유 _ 83

3부

해 질 녘 노을

초막골 _ 90
낚싯바늘 _ 95
서리꽃 _ 100
초짜 할배 _ 105
차밭골 산책길 _ 110
1박 2일 _ 115
해 질 녘 노을 _ 122

4부

감사하다

거미줄 _ 128

감사하다 _ 135

500분의 1 _ 140

뭐하러 왔어요 _ 145

말뚝 _ 150

그날 저녁 _ 155

일장춘몽 _ 159

어느 여인의 눈물 _ 164

5부

생각에 대하여

짝퉁 _ 170
작대기 신앙 _ 174
혀 밑에 도끼 _ 179
탁구가 좋아 _ 184
생각에 대하여 _ 188
불꽃 _ 192
첫 문학기행 _ 197
옹이 _ 202
아들에게 _ 207
사랑하는 아버지께 보내는 편지 _ 212

작품 해설 | 박양근(문학평론가, 부경대 명예교수)
작가의 수필 미션과 자아 정립 _ 216

1부
늦바람

늦게 배운 도둑이 날 새는 줄 모른다는 속담이 있다. 어떤 일에 몰입하면 남의 눈치쯤이야 아랑곳하지 않는다는 뜻이리라. 지나온 내 인생이 녹록지 않아서 제때에 알지 못한 세상을 이제야 글쓰기에서 만나고 즐긴다. 바람이라고 다 나쁜 것은 아니다. 나는 이 바람 덕에 신이 나고 좋은데 어쩌리.

글 농사

농작물은 주인의 발걸음 소리를 듣고 자란다는 말이 있다. 농사짓는 일도 그냥 되는 것이 아니다. 조건이 맞아야 한다. 토질이 좋아야 하고, 씨앗이 좋아야 하고, 부지런한 농부가 있어야 한다.

농사짓는 데도 당연히 수고가 따른다. 농부는 퇴비를 하고 흙을 뒤엎어 폭 삭힌 후 며칠이 지나면 무논을 갈아엎어 흙을 써레질하고 모를 심는다. 모내기가 끝나 벼가 어느 정도 자라면 피를 뽑고 물을 적당히 가두어 두어야 한다. 그러나 비가 사정없이 내리면 물이 넘치지 않도록 얼른 물꼬를 낮추어 준다.

뙤약볕이 내리쬐는 날에는 수문을 열어놓고 물이 논에 넉넉히 고이도록 물꼬를 높인다. 농부는 하루에도 몇 번씩 논에 나간다. 잡초는 없는지 물은 넉넉한지 병이 생기지 않았는지 살핀다. 그래야 가을에 풍성한 수확을 거두어들일 수가 있다.

이것은 토질이 좋고 씨앗이 좋은 논일 때 하는 말이다. 토질이 좋지 않고 씨앗이 온전치 못하면 아무리 부지런한 농부라 해도 가을 추수 때 반타작하기도 힘들다. 또 토질이 좋고 씨앗이 좋다고 해도 농부가 게으르면 기대한 만큼 소출을 얻을 수 없다. 주인이 사나흘만 논밭에 나가지 않으면 잡초가 무성해진다.

농부는 알곡이 영글기까지 수개월을 기다려야 한다. 봄에 심은 농작물을 가을에 거두어들일 때까지 고단함을 마다하지 않고 농작물을 돌보며 땀을 흘린다.

유년시절부터 농사짓는 법을 아버지께 배웠다. 아버지는 아침 일찍 자루가 긴 괭이를 어깨에 메고 논으로 나가셨다. 어느 날 아침 아버지는 나를 데리고 논에 가셨다. 피를 뽑고, 물꼬를 확인하고, 논두렁에 잡초를 베며 농사짓는 법을 익혀주셨다. 게으른 사람의 논에는 항상 피가 많다. 게으른 농부인가 부지런한 농부인가는 그 사람의 전답을 보면 알 수가 있다.

늦은 나이에 나는 글 짓는 농부가 되었다. 새로운 시작이라 많이 서툴다. 젊을 때부터 글 농사를 지어 보지 못했으니 어찌

다른 사람의 마음에 들 수가 있을까. "여름에 하루 놀면 겨울에 열흘 굶는다."라는 속담이 있다. 농사도 시기를 놓치면 기대한 만큼 소출을 거둘 수 없다는 뜻이다. 나는 한창 배워야 할 시기를 놓쳤으니 글의 소득도 보잘것없다.

무식한 자가 용감하다고, 기호지세騎虎之勢처럼 시작한 일을 그만두려 해도 그만둘 수는 없는 것이 내 글 농사다. 한 편의 글이 좋은 글이 될 때까지 기도하는 마음으로 몇 번이나 퇴고한다. 퇴고를 거듭하지만 나라는 사람의 밑바닥 무늬가 쉽게 사라지지 않는다. 더없이 쓰라린 지난 시간들을 적어 놓다 보니 마음에 들지 않아 서랍 속에 넣어 둔다. 농부가 논에 퇴비를 하고 갈아 뒤엎어 놓듯이 숙성될 시간을 주는 것이다.

며칠이 지난 후에 서랍 속에 넣어 두었던 글을 끄집어내어 훑어보면 고칠 부분이 수두룩하다. 아내가 떠난 이후부터 내 영혼을 토해낸 진솔한 고백의 글이지만, 어디까지나 내 무늬에 불과했다. 농사짓는 것은 힘은 들어도 육체만 건강하면 아무나 지을 수 있다. 그러나 글 농사는 육체가 건강하다고 잘 지을 수는 있는 게 아니다. 문장의 정확한 의미를 전달하는 문법을 구사하여야 하는데 여러 가지 부호 따위도 잘 모르니 글짓기 농사가 참 힘들다.

글 농사 경험이 적으니 종종 민낯이 드러난다. 글짓기 농사의 어려움은 사물의 이치를 미묘하게 표현하는 것이다. 거기서 한걸음 더 나아가 청명한 하늘처럼 시원하게 엮어내면 좋겠는데 그게 어렵다. 글 농사는 정신의 고통이 따르는 일이다.

열흘만 살다가 버리는 집이 누에고치이고, 여섯 달만 살다가 버리는 집이 제비집이며, 한 해만 살다가 버리는 집이 까치집이다. 그런데도 그들은 집을 지을 때 누에는 창자에서 실을 뽑아내고, 제비는 침을 뱉어 진흙을 만들며, 까치는 풀과 볏짚을 물어 오느라고 입이 헐고 꼬리가 빠지도록 일을 한다. 하찮은 벌레나 동물도 집을 짓기 위해 죽을힘을 다하는데, 만물의 영장인 인간이 한 편의 작품을 남기는 일이 어찌 그리 쉬우랴. 난 그렇게 생각하며 자신을 다독인다.

좋은 문장을 보면 감탄사가 절로 나온다. 작가도 누에나 제비나 까치처럼 희생이 없이는 좋은 결과를 얻지 못할 것이다. 생뚱맞게 이런 생각이 들 때가 있다. 거미 항문에서 거미줄 나오듯이 나도 글이 줄줄 써지면 얼마나 좋겠나.

농작물도 봄에 씨를 뿌리면 여름을 견디고 가을에 이르는 긴 시간이 필요하다. 어느 작가도 단번에 글을 써 내는 일은 없을 것이다. 글짓기도 시간이 흘러야 하고 고통이 따라야 한다.

다산 정약용은 친구 이중협과 헤어지며 "즐거움은 괴로움에서 태어난다. 괴로움은 즐거움의 씨앗이다."라는 글을 써 주었다. 서툰 글 농사꾼이지만 글을 짓다 보니 그의 말에 매번 공감한다. 글 짓는 고통이 해산解産의 고통과 같다는 것은 새 생명과 한 편의 글이 태어나 여러 사람의 가슴을 울렁이게 하는 공통점 때문이리라.

예전에는 글을 읽을 때 무엇을 바라지 않았다. 뜻을 이루어 보겠다고 애써 읽은 것도 아니다. 다만 책 속의 등장인물에만 집중하고 읽었다. 그러나 요즈음은 다르다. 화자가 나타내고자 하는 것이 무엇이며 작가가 어떻게 썼는가에 관심을 두고 글을 읽는다. 좋은 글귀나 명언이 나오면 잊어버릴까 봐 독서 노트에 적어 놓는다.

글 농사를 지은 지 어느덧 수년의 세월이 흘렀다. 그간 등단도 하고 작품도 여럿 발표했다. 묘목 정도는 되었지만 그래도 문학적인 요소를 갖추는 일 앞에서는 절절맨다. 내용을 유려하게 풀어놓는 것이나 사물의 이치를 짜임새 있게 문장으로 구비하지 못한다. 하지만 쓰고 또 쓰면 언젠가 원하는 글이 쓰이리라 믿는다. 논농사, 자식 농사, 글 농사 모두 정성이 필요하지 않은가.

말과 말

말은 칼의 양날과 같다. 눈에 보이지 않는 말은 사람을 해치는 독약이 되기도 하고 사람을 살리는 명약이 되기도 한다. 사람의 마음을 어루만져 주기도 하고 할퀴거나 찢기도 한다. 상대방의 말 한마디에 힘이 솟을 때도 있고 좌절할 때도 있다. 말 한마디가 실의에 빠져 움츠려든 가슴을 펴 주기도 하고, 미래에 대한 꿈을 접게도 한다. 말만큼 선악의 차이가 두드러진 것이 없다.

말의 중요성에 관한 속담으로 "말 한마디가 천 냥 빚도 갚는다." "발 없는 말이 천리 간다." "낮말은 새가 듣고 밤 말은 쥐가 듣는다." 등이 있다. 또한 언어생활에서 주의해야 할 말에는 뒷담화라는 것이 있고, 험담도 있다. 험담은 세 사람을 죽인다고 한다. 말하는 사람, 험담의 대상이 되는 사람, 그리고 듣는 사람이다. 말이 사람을 죽이기도 하고 살리기도 한다니 참으로 짓궂은 요술덩이다. 말의 요술은 사라지지만 위력은 언제까지 남아 있다. 말 한마디에 원수가 되어 평생 등을 돌리는 경우도 있다. 그러고 보면 말이 칼보다 더 무서운 것이다.

말은 살아가는 데 반드시 필요하지만 뱉지 말아야 할 경우가 있다. 남에게 상처를 입히기 쉬운 말이 그것이다. 말하는 사람의 생각과 다르게 가시나 뾰족돌이 된다. 칼은 몸에 상처를 남기지만 말로 인한 마음의 상처는 몸의 상처보다 더 오래 남는다. 몸의 상처는 세월이 지나면 아문다. 그러나 마음의 상처는 세월이 흘러도 아물기 어렵다.

노인병원에서 주말마다 봉사를 할 때다. 내가 맡은 할머니는 측은할 정도로 바삭 마른 나무 줄기 같았다. 행사를 마치고 휠체어에 태워 침대에 눕히면서 성서 말을 인용하여 작별 인사를 했다. "사랑합니다. 다음 주 토요일까지 건강하게 지내세요." 할머니는 내 말에 감동을 받았는지 일주일 내내 나를 찾았다고 간병인이 전해 주었다. 환자를 돌보던 그 간병인은 나에게 '사랑한다.'는 말은 하지 말라고 했다. 병으로 지친 사람들에게 그런 말은 자칫 오해를 불러일으킬 수 있다는 것이었다. 듣고 보니 그럴 수도 있을 것 같았다.

작년에 작고한 김열규 교수의 수상록 《독서》를 읽은 적이 있다. 그가 소개한 일화 중에 교회에 다니던 여섯 살 때의 이야기가 있었다. 그곳은 부산 어느 교회의 유치원이었다. 그는 유치원을 신나는 곳으로 묘사했다. 집에서 얻어간 동전을 십일조 삼아 내놓고 잠시 기도하면 보모가 사탕을 나누어 주었다. 어린 열규는 '하나님에 대한 믿음'을 단단히 품게 되었다.

어느 날 날벼락이 떨어졌다. 아무리 조용해야 할 교회일지라도 예닐곱 살짜리 아이들은 어디서나 웅성대며 떠들기 마련이다. 소란이 심해지자 참을 수 없던 목사는 야단을 쳤다. "너희가 계속 떠들면 내가 혼을 내주마. 여기 설교대 옆에 커다란 구멍이 뚫려 있어. 떠드는 녀석을 거기다 집어넣으면 어떻게 되는지 모르겠지? 그 아래가 바로 지옥이야! 알겠어?" 그 호통을 듣는 순간 아이들은 혼이 나가 버렸다. 어린 열규도 무서워 눈을 감고 몸을 떨었다.

그 후로 김 교수는 교회에 다니지 않게 되었다. 그가 교회에 다니지 않게 된 것은 바로 '지옥의 공포' 때문이라고 했다. 고희古稀가 넘은 노老교수는 여섯 살짜리 어린이의 천진한 꿈을 저버린 성직자가 원망스럽다고 회고했다. 목사의 선부른 말이 어린 열규의 가슴 한 귀퉁이에 똬리를 틀어 버린 것이다.

내게도 비슷한 경우가 있다. 네댓 살 때부터 사탕 맛에 홀려

교회에 다니기 시작했다. 그런데 우리 집은 유달리 토속신앙이 강했다. 그래서 집에서는 마음을 털어놓을 만한 형제가 없었다. 열 살 무렵부터 본격적으로 교회에 다녔다. 아홉 명이나 되는 형제 중에 아무도 내가 교회에 가는 것을 이해해 주지 않았다. 그러다 보니 교회에 더욱 열심히 다녔고 목사님과 신자들의 말을 잘 따랐다. 어른이 되었어도 믿음에만 의지할 뿐, 때때로 생기는 답답한 마음을 목사나 장로에게 쉬 꺼내지 못했다. 어른이 된 탓으로 더욱 입을 다물어야 했다.

어느 날 목사에게 마음에 담아둔 내 가정사를 이야기했다. 조언을 얻기 위해서였다. 말을 다 듣지도 않은 목사는 벌떡 일어나며 쓴소리를 했다. 나의 자초지종에 귀를 기울이지 않고 툭 던진 말이었다. 마음의 준비가 없었던 나는 적잖은 상처를 받았다. 집으로 돌아오는 내내 마음이 어지러웠다. 그 말의 상처가 지금도 가슴 언저리에 남아있다는 생각이 들곤 한다.

사람들은 어떤 신분에 있든 말에 신중해야 한다고 본다. 사회의 목탁 역할을 하는 사람일수록 더 신중함이 필요하다. 성직자는 사람들에게 용기를 주고 마음의 상처를 치유해 주는 사람이다. 방황하는 사람들은 유달리 그들의 말에 남다른 힘을 얻는다. 그러므로 내용만이 아니라 표현에서도 경솔한 어투는 삼가야 한다. 그들 앞에 서면 육십 대 어른들도 감정을 건사하지 못하는 아이가 된다.

내가 어릴 적에 들었던 어머님의 말씀을 지금도 잊지 못한다. "입이 무겁기로 천 근 같아야 한다. 사내가 말이 가벼우면 아무 짝에도 못 쓴다."고 할 때의 어머니 표정은 회초리를 들고 서 계시던 선생님 같았다. 어머니는 시골에 사셨지만 행동은 신중하기 그지없었다. 동네 사람들이 다투거나 하면 몇 마디 말로 문제를 해결했다. 적어도 말에 있어서는 아버지보다 더 진중하셨다.

말에는 잠금 장치가 없다. 상대방을 무시하거나 자존심을 건드리는 말은 신중하지 않으면 부지불식간에 튀어나오기 쉽다. 말을 아껴야 하는 이유가 이것이다. 말을 가리는 것이 사람에 대한 최소한의 도리가 아닌가 싶다.

가슴을 데우는 사람

학원에도 한 번 다니지 않은 아들이 전교에서 줄곧 1,2등을 놓치지 않았다. 3학년 여름방학 때다. 방학이었지만 아들은 늘 학교에서 공부를 했다. 어느 날, "아버지, 선생님이 학교에 오라 하십니다. 학교에 한 번 오세요."라고 했다.

"선생님이 무슨 일로 나를 부를까?"

"아마 저, 진로 때문인 듯합니다."

처음으로 아들의 담임을 만났다. 선생은 내 손을 붙잡고 의자를 당기며 앉으라고 권했다. 그분은 이미 내 아이가 편부 밑에서 자라고 있다는 사실과 가정형편이 어렵다는 것을 알고 있었다. 아들이 공부도 잘하고 모범적인 학생이라서 걱정할 것 없다며 담임은 계속 칭찬을 했다. 평소 아비 노릇을 잘 못하는 나는 좀 당황스러웠지만, 아들에 대한 칭찬에 나도 모르게 움츠렸던 어깨가 펴졌다.

선생은 아들의 성적이면 유명한 의대에 충분히 들어갈 수 있다고 말해주었다. 그렇지만 학교장 추천으로 서울대 의대에 특차 원서를 넣고 싶다고 말했다. 순간 선생의 말에 가슴이 울컥했다. 한국에서 최고인 서울대 의대에 지원서를 넣어 주시겠다니 그동안 얼어붙은 가슴의 한이 봄눈 녹아내리는 듯했다.

내 아들을 이렇게 아껴주는 선생이 계신다는 데 벅찬 감정이 차오르고 흐뭇했다. 아들이 참 좋은 스승을 만났구나 싶었다. 기쁜 마음을 간신히 가라앉히고, "예, 선생님 말씀대로 하겠습니다."라고 하면서 나의 눈은 상담실 바닥만 바라볼 수밖에 없었다. 아내 없이 힘들게 살아왔던 시간이 주마등처럼 지나갔다. 그동안 아무 불평 없이 열심히 공부해 준 아들이 고맙다는 생각에 눈시울은 금세 젖어 있었다.

교무실을 나와 집으로 돌아오는 발걸음은 구름 위를 걷는 것 같았다. 우울하고 고독했지만 선생과 아들 덕분에 무릉도원이 내 발밑에 있는 느낌이었다.

서울에 올라가기 하루 전날 담임선생은 아들에게 몇 시 열차를 타고 갈 것인지를 물었다. 아들은 차 시간표를 가르쳐주고 아버지와 함께 간다고 말씀드렸다. 공부를 잘하는 아들이지만 선생님의 배려가 아니었다면 있을 수 없는 일이다.

구포역에서 서울행 열차를 탔다. 그날따라 차창 밖의 풍경은 더 아름다워 보였다. 내 얼굴에 함박꽃웃음이 피었던 모양이다. 차가 대전을 지날 즈음이었다.

“아버지 그렇게도 좋으세요?”

“그럼 좋지. 아들 잘 둔 덕분에 한양도 가고….”

아비 노릇을 못하는 주제는 깡그리 잊고, 활짝 핀 아버지의 얼굴을 보고 아들도 따라 빙긋이 웃는다. 그러나 웃음도 잠시, 아들의 표정은 그리 밝지 않았다. 아마 시험 때문에 마음에 부담을 느꼈을 것이다. 곧 아들은 책만 보았다.

서울역에서 내려 밖으로 나가는데 출구 쪽에서 큰 종이에 굵은 글씨로 ‘부산에서 오는 ○○○ 학생 환영’이라고 쓰인 표지판을 높이 들고 서 있는 신사 한 분이 보였다. 아들을 환영한다는 표지판의 글자를 보고 눈이 휘둥그레졌다. 서울에서 우리를 마중 나올 사람이 없으니 말이다. 우리는 출구 쪽으로 나갔다.

아들은 뚜벅뚜벅 걸어 표지를 든 그분 앞에 다가섰다. “제가 부산에서 온 ○○○입니다.” 그분은 들고 있던 종이를 내리며 반갑게 맞이했다. 부산 S 고등학교 K 선생이 보내서 왔다고 했다. 그는 K 선생님의 동생이라고 하였다.

담임선생이 인천에 살고 있는 동생에게 연락을 하여 마중을 나가도록 한 것이었다. 고맙기도 하였지만 아무런 영문도 모르고 그분의 안내에 따라 주차장으로 갔다. 승용차 문을 열어 주며 우리를 뒷좌석에 앉으라고 했다. 뜻밖에 당하는 일이라 기쁨과 함께 어리둥절하기도 했다. 그분은 운전대를 잡고 봉천동으로 간다고 했다. 봉천동은 우리가 가야 할 서울대가 있는 곳이다.

나와 아들은 아무 말도 못하고 차창 밖 서울 시내만 바라보았다. 봉천동으로 가는 동안 그가 조곤조곤 설명해 주었고, 우리는 아무 말도 못하고 고개만 끄덕였다. 그러면서 담임선생의 깊은 배려에 감사하는 마음이 들었다.

아들의 담임선생님이나 인천에서 온 그분의 고마움을 어떻게 표현할 수가 없었다. 나와 아들은 이런 후한 대접을 받아 본 적이 없기 때문이다. 어떻게 말해야 할지를 몰라, "예, 예."라는 말밖에 할 수 없었다. 그분은 봉천동 서울대 앞에다 우리가 묵을 방을 예약해 주고 저녁까지 사주셨다.

생전 처음 받아보는 대접이라 어색하였지만 넘치도록 기분은 황홀했다. 그는 아들더러 시험 잘 보라고 말한 다음 차에 오르더니 돌아갔다. 그분의 차가 모퉁이를 돌아가 버려 보이지 않았지만 아들과 나는 한참을 멍하니 서 있었다.

내 아들을 사랑하는 선생을 만났다. 제자를 위해 자기 동생까지 불러서 편의를 봐 준다는 것은 아무나 할 수 없는 일이다.

제자의 아버지는 비록 빈핍하였지만, 당신의 제자를 위해 이렇게 배려해 주는 선생님 같은 분은 나는 아직까지 본 적이 없다. 잊을 수 없는 지나간 추억을 되새겨 보니 지금도 내 가슴이 따뜻하다.

정신의 산소酸素

독서는 즐겁다. 글은 주로 지식을 얻으려고 읽는다. 더 나아가 지혜도 얻고 싶어서일 것이다. 글을 읽어 나가는 과정에서 지혜는 눈에 보이지 않는다. 그러나 글을 읽다 보면 살아가는데 매우 중요한 것이 마음속에 만들어진다. 학문은 깊이 있는 생각을 하게 하고 새로운 것을 창조하게 한다. 창의적인 글을 쓰는 데도 밑거름이 된다.

글은 내 마음을 움직인다. 요즈음 그 힘으로 산다. 외출할 때는 꼭 책 한 권쯤 가방에 넣고 나간다. 그렇지 않으면 손도 마음도 허전하다. 나는 일상의 시간을 독서하는데 많이 투자한다. 책을 읽으면서 지식보다 지혜를 더 얻는다.

안중근 의사가 남긴 족자에 "하루라도 글을 읽지 않으면 입안에 가시가 돋는다."라고 했는데, 나는 하루라도 글을 읽지 않으면 허기를 느낀다. 음식을 섭취하면 배가 부르고 피가 되고 살이 되지만, 글은 정신에 산소 역할을 한다. 음식은 한 이틀 굶어도 참을 수 있지만, 산소는 4분 이상 들이마시지 않으면 뇌세포부터 죽어간다고 한다. 글은 내 생각의 뇌세포를 소생시키고 지혜의 폭을 넓혀 주기도 한다. 의기소침한 내게 글은 새로운 활력소가 돼 준다.

나는 기름진 고전도 읽지만 삼류 소설 속의 뒷골목 이야기도 읽는다. 고전은 수천 년을 내려오며 인류에게 검증받은 것이므로 좋은 책임에는 틀림없다. 그러나 작품성이 없고 유치한 삼류 소설에서도 나는 똑같이 인간의 애환을 읽는다. 채소와 잡곡처럼 매끄럽지 못하고 윤기가 없다 할지라도 그것들도 내 정신세계에서는 자양분이 된다.

한하운의 《가도 가도 황톳길》은 눈물 없이 읽을 수 없다. 상 · 하권으로 된 그 책은 천형天刑시인의 일대기이다. 눈시울을 붉히면서 그의 여정을 다 읽었다. "버드나무 밑에서 지까다비를 벗으면 발가락이 또 한 개 없네." 한하운이 소록도로 가는 노상路上에서 있었던 일이다. 《보리피리》는 한 맺힌 그의 삶을 애절하게 표현한 시다. 태산보다 높은 보릿고개가 그때는 있었다. 그는 초근목피의 시절에 주린 창자를 채우기나 했을까 하는 생각이 든다. 그 외 많은 시를 발표하여 독자들의 마음을 흔들어 놓았다. 그는 한갓 들풀처럼 대지에 붙어 있다가 사라졌지만, 그의 글은 오늘날까지도 변함없이 마른 감성을 적셔준다.

장자크 루소는 어떤 사람인가. 그 어머니가 루소를 낳다가 죽었다. 핏덩이는 가난한 시계 수리공인 아버지 밑에서 자랐다. 그러나 아버지는 도망자가 되었고, 어린 루소는 외가에서 가난하게 살았다. 십육 세 때 다행히 후원자를 만났다. 뜻밖에 공부할 수 있는 길이 열렸다. 루소는 마침내 사회운동가로, 음악가로 세상에 우뚝 섰다. 외로운 인생이다 보니, 외로운 사람을 대변하는 그였기에 핍박도 많이 받았다. 어머니 얼굴도 모르는 루소에게는 평생 고독이 따라다녔다.

냉엄한 생존의 세계에서 정녕 피할 수 없는 힘, 힘 있는 쪽과 없는 쪽의 극명하게 대립되는 명암 앞에서 흘리는 피 섞인 눈물, 그들이 남긴 아픈 흔적의 문장 하나하나에 내 마음이 이끌리고 감정이 녹아내린다.

책은 나에게 친구이자 최고의 스승이다. 책 속의 저자와는 시대와 공간의 거리가 아무리 멀지라도 깊은 교감을 나누니 말이다. 이 세상에 책이 없었다면 어떻게 서양의 루소와 안데르센의 생애를 알며, 중국의 사마천을 알 수 있을까. 《청춘을 불

사르고》의 저자 일엽스님을 알며, 공자와 노자, 손빈, 연암 박지원을 알 수 있으랴.

"황금 한 상자를 자식에게 주는 것보다 경서 한 권을 자식에게 주는 것이 더 낫고, 글을 배움은 자기 스스로뿐만 아니요 그 가정의 보배다."라고 송나라 성리학자 주문공이 말했다. 내가 책을 읽지 않았더라면 어떻게 악명 높은 도둑 프로크루테스의 침대를 이해할 수 있겠는가. 책보다 귀한 것이 이 세상에 또 어디 있으랴 싶다.

임백호라는 글 잘 쓰는 사람이 있었다. 어느 날 술이 잔뜩 취해 한쪽 발에는 나막신을 신고 다른 한쪽에는 가죽신을 신고 말 잔등에 올랐다. 그걸 본 하인이 "나리 취하셨나 봅니다. 신발이 짝짝이입니다." 하고 말했다. 백호는 허허 웃으며 "길 오른쪽에 있는 사람은 임백호가 나막신을 신었다 할 것이며, 길 왼쪽에 있는 사람은 가죽신을 신었다 할 것이니 네가 상관할 게 무어냐. 보는 사람의 차이다." 하였다.

쇠똥구리는 스스로 쇠똥 굴리기를 즐거워하며 여룡의 여의주를 부러워하지 않는다. 따라서 여룡도 여의주를 가졌다는 것을 스스로 뽐내며 쇠똥구리가 쇠똥 굴리는 것을 비웃지 않는다. 나도 그와 같이 태연해 보았으면 좋겠지만 내 삶의 궤적들을 보수하기에는 이미 때가 늦은 것 같아 안타깝다.

청나라의 평범한 선비 심복은 사랑하는 아내를 잃었다. 얼마

후 아버지와 아들마저 죽게 되자 가슴을 칼로 저미는 것 같이 슬펐다. 아픔을 견디지 못해 그는 붓을 잡았다. 허무하고 덧없는 그의 한평생을 여섯 장으로 구성지어 글을 썼다. 그 글이 오늘날 《부생육기》라는 심복의 자서전이다.

내가 정약용 선생을 우러러 공경하는 이유가 하나 있다. 그는 18년 동안의 유배생활에서 탄식과 좌절 대신 집필에 매진했기 때문이다.

많은 사람을 책에서 만났다. 살아 움직이는 그들의 글이 내 마음의 상처를 치유해 준다. 글은 내게 지혜의 보고이다. 또한 마음에 생기를 불어넣는 산소와 같은 존재이다.

늦바람

요즘 내가 이럴 수가 있나 싶을 때가 있다. 지나온 시간들을 돌이켜보면 예전에는 꿈도 꾸지 못했던 일을 하고 있으니 그렇다. 어쩜 나의 길을 걷지 않고 곁길을 걷는 듯하다. 그렇다고 쾅쾅, 음악이 울려 퍼지고 휘황찬란한 조명등이 돌아가는 그런 곳을 기웃거리는 것도 아니다.

나는 지금 감히 꿈에도 거닐지 못했던 대학교정을 밟고 다닌다. 문학 수업을 받기 위해서다. ㅇㅇ관 402호에서 수필공부를 시작한 지가 엊그제 같은데 벌써 6년째에 접어들었다.

내가 이 길에 들어선 이유는 세파에 마음의 상처를 입은 자식에게 위로의 글 한 편을 써서 주고 싶어서였다. 그게 나의 절실한 소원이었다. 그래야 아들과 나 사이에 막혀 있던 감정의 담이 무너지리라 믿었기 때문이다.

뜻 있는 곳에 길이 있다더니 내가 바라던 문학 강의를 들을 수 있는 기회가 찾아왔다. 강의를 듣는 순간, 막혔던 내 가슴이 뻥 뚫리는 느낌이 들었다. 그분의 도움으로 대학교 평생교육원에 발을 들여 놓게 되었다. 수강료도 저렴했다. 대학교에 있는 평생교육원을 다른 사람으로부터 귀전으로 어렴풋이 들어 알았지만, 나 같은 사람이 이곳에 올 수 있는 줄은 정말 몰랐다.

교실 분위기는 막연히 기대했던 내 생각과 확연히 달랐다. 글공부하러 오는 사람들은 여러 분야에서 종사한 사람들이며 대부분 대학을 졸업한 이들이다. 그중에는 국문학을 전공한 이도 더러 있다. 그들과 같이 배우려고 하니 내가 자꾸만 작아지고 움츠러드는 것은 어쩔 수가 없다. 그들과 나란히 앉아 글쓰기를 배우다 보면 왠지 내가 오지 말아야 할 곳에 온 것 같은 느낌이 들기도 했다. 어쩜, 당신같이 가방끈이 짧은 사람은 오지 말았으면 좋겠다는 말을 듣지 않는 것이 천만다행인지 모른다.

게다가 가르치는 선생님이 마음에 딱 들었다. 아들에게 제대로 된 편지글 한 장 써줄 수 있겠다는 기대감으로 그 자리를 묵묵히 지켰다. 함께 공부하는 문우의 말을 들어보면, 선생님은 실력과 인품이 훌륭하시고 전국에서 손꼽히는 수필계의 거장이라고 한다. 그래서인지 문학 지망생들은 부산뿐만 아니라 양산과 울산에서도 온다. 내가 제대로 찾아온 게 틀림없는 것 같아 다행스럽다.

차츰 시간이 지나면서 나도 글을 내 보았다. 어둡고 칙칙한 내 인생을 여과 없이 쓰고 보니 죽도 밥도 아닌 글이었다. 수필은 삶의 체험을 바탕으로 한 문학이라고 말하지만, 영 아니올시다 싶었다. 그래도 이왕 발을 들여놓았으니 될 때까지 버텨보자고 이를 악물었다.

그러기를 삼 년이 지날 무렵 등단이라는 기쁨을 누리게 되었다. "서당 개 삼 년이면 풍월을 읊는다."라는 속담이 있듯이 내가 그런 행운을 얻었으니 날아갈 듯 즐거웠다. 내 글에도 조금씩 틀이 잡혀가고 수필의 속살을 펴 보이는 힘이 붙는 것 같았다.

어느 날 아들이 밝고 환한 모습으로 나를 바라보았다. 아버지가 노후에 책을 붙잡고 시간을 보내는 것이 좋아 보였던 모양이다.

못난 글 한 편이 내 허파에 바람을 불어넣었다. 그렇게 일 년이 지난 후, 삼류 소설 속에서나 나옴 직한 내 글이 모 문예지에 2회, 또 다른 한 문예지에 1회, 이렇게 3개월 동안 연달아 실렸다. 그 글 뒤에 실린 평자의 글을 읽고 가슴이 쿵쾅거렸다.

글 쓴 보람을 느낀 순간이었다.

글이 실린 책을 아들에게 보여 주었다. 글을 읽은 아들은 "평론을 하신 교수님이 아버지의 어깨에 날개를 달아 주셨네요." 했다.

"응. 그렇지."

내 기분은 둥둥 뜨는 것 같기도 하지만 어리벙벙했다. 겉으로는 수줍은 듯했지만 허파에 든 늦바람은 가슴까지 거세게 불었다.

글 바람이 내 몸과 마음을 온통 흔들어 놓는다. 잠자리에 들다가도 글감이 떠오르면 일어나 불을 켜고 주제와 줄거리를 메모해 둔다. 이럴 때의 내 모습을 누가 본다면 실성한 사람으로 보지 않을까. 이성 간에도 바람이 들면 남의 눈치는 뒷전이라더니 내가 글에 바람난 게 맞나 보다.

우리들의 글쓰기 모임에서 서로에게 불러주는 호칭도 마음에 든다. '선생님'이라고 하니 그 이상 부드럽고 편한 말이 어디에 또 있을까 싶다. 나는 문학이라는 솜털구름을 타고 떠다니는 기분이다. 이러다가 우쭐하는 모습이 보일까 봐 얼른 정신을 차린다.

수필 수업은 한 번도 빠진 적이 없다. 강의가 있는 날이면 다른 사람들보다 늘 이삼십 분 일찍 강의실에 간다. 강의실을 둘러본 뒤 칠판을 닦고, 책걸상을 정리정돈한다. 깨끗해진 교실을 보면 마음이 상쾌해지고 기분도 좋아진다.

문우들 중 문장력이나 어법에 대하여 박식한 분들도 많이 있다. 그들에게 내 글을 보여주며 퇴고를 부탁한다. 모르긴 하지만 혹시라도 '네 주제를 알아라!'는 식으로 코웃음 치는 이가 있다 하더라도, 철자 하나 문장 하나라도 배우고 싶은 게 솔직한 나의 심정이니 어쩌랴.

늦게 배운 도둑이 날 새는 줄 모른다는 속담이 있다. 어떤 일에 몰입하면 남의 눈치쯤이야 아랑곳하지 않는다는 뜻이리라. 지나온 내 인생이 녹록지 않아서 제때에 알지 못한 세상을 이제야 글쓰기에서 만나고 즐긴다. 바람이라고 다 나쁜 것은 아니다. 나는 이 바람 덕에 신이 나고 좋은데 어쩌리.

사랑의 고리

하나뿐인 아들 얼굴 보기가 쉽지 않았다. 중학생인 아들은 매일 아침 여섯 시 반쯤에 학교에 가서 밤 열두 시가 넘어야 집에 들어왔다. 그 시간에 들어왔는데도 한참 공부를 더 하다가 잠을 잤다. 아이가 애처로워 보였지만 형편까지 어려워 그냥 지켜보는 것 이외는 다른 방법이 없었다. 그저 바르게 성장하고 열심히 공부하는 모습이 아비로서는 늘 고맙고 미안했다.

아들은 S 고등학교에 입학지원서를 냈다. 입학하기 며칠 전, 교장선생님의 전화가 걸려왔다. 아들이 수석으로 입학하게 된 것을 축하한다고 하였다. 입학식 날 아들이 신입생 대표로 선서를 하니 꼭 참석해서 학교에서 지정해 놓은 내빈석에 앉아야 한다는 당부의 말씀이었다. 수화기 너머로 아들이 수석으로 입학했다는 소식을 들으니 잔잔한 기쁨이 목울대를 적셨다.

아들이 고등학교에 입학하는 날이었다. 많은 학생들이 운동장에 줄지어 섰고, 학부모들은 발 디딜 틈 없이 운동장을 꽉 메웠다. 학교에서 지정해 준 자리에 가서 앉았다. 아들이 단상에 올라 쩌렁쩌렁한 음성으로 신입생 대표 선서를 하였다. 아들의 모습이 기특하고 장했다. 아내가 살아 있었으면 얼마나 좋아했을까 하는 아쉬운 마음이 들었다.

그날 나는 공부 잘하는 아들 덕분에 많은 사람들에게 축하인사를 받았다. 아들은 고등학교 3년간 전액 장학생으로 선발되었다. 장학 수혜를 주는 곳은 중앙동에 있는 이산장학회였다. 그 장학금은 쪼그라진 내 살림에 큰 도움이 되었다. 아들은 부산, 경남 지역의 고등학생 수학경시대회에 나가서도 수상을 해 왔다. 그런 소식이 고달픈 삶을 살고 있는 나에게는 든든한 버팀목이 되었다.

어느 날 학교에서 전화가 왔다. 이산장학회에 가서 장학금을 받아와 서무실에 수업료를 납부하라고 하였다.

장학회 사무실에 들어섰다. 나를 반기며 안내한 사람은 걸음을 잘 못 걷는 분이었다. 내 눈이 휘둥그레졌다. “어떻게 오셨습니까?” 하고 물었다. “S 고등학교 ○○○ 학생 아버지입니다. 장학금 때문에 왔어요."라고 말을 했다. 앉을 자리를 권하더니 "아들의 꿈이 무엇이지요?" 하고 물었다. "아들이 제 어머니가 살아 있을 때는 법학을 공부한다고 했는데, 어머니가 죽고 난 후 의학공부를 하겠다고 합니다." 그분은 "아들이 공부를 잘해서 희망이 보입니다." 하며 하얀 봉투를 내어 주었다. "이 은혜를 어떻게 갚지요?" 하였더니 "훗날 아들이 형편이 좋아지면 받은 이 사랑을 또 다른 어려운 사람에게 베풀면 됩니다."라고 하였다.

장학회 사무실을 찾아갈 때는 넓고 화려한 사무실인 줄 알았다. 그런 내 생각은 완전히 빗나갔다. 보통 사무실보다 초라해 보였다. 내게 인사를 받으며 걸어오는 분의 복장은 화려하지도 않았고 걸음걸이도 불편해 보였다. 그런데 그런 곳에서 몸도 온전하지 않으신 분이 많은 후학들에게 장학금을 기부한다.

봉투를 받아 사무실을 나온 나는 건강하고 돈 많은 사람들만 남을 돕는 것이 아니라는 것을 깨달았다. 우선 내 발등에 떨어진 불부터 끄고 난 후 나도 열심히 일해서 형편이 좋아지면 나보다 어려운 이웃을 도와주어야겠다는 생각을 하며 층계를 내려왔다.

이산장학회의 도움으로 아들은 고등학교 3년을 무사히 마칠 수가 있었다. 이산장학회는 잊을 수가 없다. 아들도 아마 평생 그 은혜를 못 잊을 것이다. 아들은 아버지를 도와주는 것이 공부를 잘해 장학금을 받는 것이라고 늘 생각했는지도 모른다. 고등학교에서 아들은 늘 상위 1퍼센트 안에 들어가는 점수를 받았다.

아들이 의과대학에 장학생으로 들어갔다. 공부하기도 벅차다는 의과대학에 다니면서도 방학 때만 되면 학생들을 가르치는 아르바이트를 했다. 아들은 매일같이 저녁 늦게 돌아왔다. 나는 오로지 빚 갚는 데 정신을 쏟다보니 아들에게 차비도 제대로 챙겨주지 못할 때가 많았다. 지금 생각해 보면 아비의 사정을 잘 아는 아들이라 차마 차비 얘기도 못 하고 걸어서 다닌 적도 많았을 것 같아 가슴이 아프다.

아들은 고등학교 3년, 대학교 6년간을 장학금으로 공부했다. 이산장학회를 비롯하여 여러 곳에서 장학금 수혜를 받은 기간이 9년이나 된다. 일이 년도 아닌 무려 십 년 가까이 장학금으로 공부를 해 왔다. 얼마나 공부를 했기에 전액 성적 장학금을 여러 번 받을 수 있었는지 나는 아직도 모른다.

장학금을 받을 때마다 내 눈시울이 젖었다. 아들에게 장학금을 준 장학회는 우리에게 너무나 고마운 분들이다. 그 고마움을 아들도 나도 잊을 수가 없다.

아들이 의과대학을 졸업한 후, 수련의를 시작하면서부터 내가 시키지 않았는데도 스스로 지금까지 이름을 밝히지 않고 사랑의 구제救濟에 힘쓰고 있다. 자기가 받은 사랑의 고마움을 이제, 사랑이 더 필요한 사람에게 되돌려주는 아들의 모습을 보면 장학금을 받을 때보다 더 가슴이 훈훈하다.

사랑의 고리가 그렇게 이어지고 있으니 감사하다.

내 고향 수양교회

내 고향 수양리洙陽里 수양교회는 그림같이 지어진 아름다운 교회다. 교회 뒤에는 야트막한 산이 있고, 교회 바로 앞 냇가에는 쉼 없이 시냇물이 흘렀다. 이곳에서 내 여린 신앙이 싹이 트고 자랐다. 그 신앙이 있었기에 평온치 못한 내 인생길이었지만 하나님을 멀리하지 아니한 듯하다.

아주 어릴 때 기억이다. 동네 어른들이 교회에 갔다. 빈둥빈둥 놀고 있는 나에게 이웃 아주머니가 교회에 가자고 권유했다. 할 일이 없어 따분하고 심심하여 어른들을 따라갔다. 그곳에는 내가 아는 아주머니들이 몇 분 더 있었다. 아이들은 유치부에서 예배를 드렸다. 반사(班師)들을 따라 알지도 못하는 노래를 부르기도 하고 율동도 따라 했다.

한바탕 노래를 부르고 나면 선생은 우리에게 사탕을 하나씩 나누어 주었다. 맛있게 빨아먹었다. 이야기(說教) 선생님이 말씀할 때면 달콤하고 고소한 사탕을 빠는 것조차도 멈추고, 입을 다 같이 크게 벌린 채 눈은 다른 아이들과 함께 휘둥그레져서 넋을 잃고 이야기를 들었다. 어린 나는 예수가 누군지도 몰랐지만 교회에 가면 그런 이야기를 들을 수 있어 좋았고, 반갑게 맞이해 주는 그 재미로 교회에 다녔다. 이야기를 들을 때는 귀를 쫑긋 세워 들었고, 율동을 할 때는 서투른 손짓과 발짓으로 따라 했다.

일주일에 한 번씩 교회 가는 시간이 기다려졌다. 그때부터 나의 신앙도 시나브로 자라고 있었나 보다. 우리 가족 중에는 예수를 믿는 사람이 나 혼자뿐이었다. 그렇게도 좋은 예수를 믿는다는 이유로 미워하며 작대기로 때렸다. 작대기를 들고 뛰어오는 형에게 얻어맞지 않으려고 도망을 다녔다. 결국 형에게 잡혀 작대기에 등을 맞았다. 맞은 등이 불타는 것 같았다. 맞은 등에는 검은 먹구렁이가 지나가는 것처럼 멍이 남았다. 내가 매를 맞으면서도 교회에 다닌다는 소문이 온 동네에 퍼졌다.

형이 나를 때리는 것을 보고도 어머니는 아무 말이 없었다. 어머니가 원망스러웠다. 교회 다닌다고 집에서 왕따가 되었다.

교회 가는 나를 싫어하는 가족들을 이해할 수가 없었다.

우리 교회는 일 년에 한 번씩 찾아오는 성탄절에는 여러 가지 트리로 교회당을 장식했다. 내가 사는 마을은 어둡고 스산한데 예배당만큼은 예수 탄생으로 불이 반짝반짝했다. 반짝이는 불빛을 보면 교회 다니는 내가 우쭐해졌다.

어느 해 가을, 교회에서 부흥회를 한다고 다들 준비 기도를 하면서 분주하였다. 그날 밤에 교회에서 여러 어른들과 같이 기도했다. 한 사람 두 사람 기도를 마치고 집으로 돌아갔다. 끝내 나 혼자 교회에 남았다. 집에 가려고 하다가 기도를 더 하고 교회에서 자기로 마음먹었다. 불 꺼진 캄캄한 교회가 무섭기도 했지만 하나님이 지켜 줄 줄로 믿고 막 잠을 자려고 하는데 지붕에서 쿵 쾅 뚜르르 하며 물체 구르는 소리가 났다. 바람 소리가 윙윙 날 때마다 지붕에서 쿵쾅거렸다.

"귀신이 기왓장을 귀신같이 뒤집는다."고 하는 말을 전에 어른들에게 들은 기억이 있다. 귀신이 교회 함석지붕 위를 뛰어가는 줄 알고 간이 콩알만 해졌다. 바람이 쏴아 하더니 또 쿵쾅대며 구르는 소리가 났다. 나는 꼼짝도 하지 않고 입속으로 "하나님, 나를 귀신에게서 보호해 주십시오."라고 기도했다. 잠시 후 조용해졌다. 나도 잠이 들었다.

간밤에 귀신이 지나간 자국이 있나 하고 아침에 일어나 교회 지붕을 자세히 살펴보았다. 귀신의 발자국은 보이지 않았고 산에 있는 감나무에서 감이 몇 개 떨어져 지붕 난간 빗물이 내려가는 홈통에 모여 있었다. 어젯밤에 귀신이 교회 지붕 위를 뛰어간 것이 아니고 바람에 감이 떨어져 데굴데굴 굴러가던 소리였나 보다. 그것도 모르고 얼마나 놀랐는지 모른다.

전도사와 어떤 여자 한 분이 집에 오셨다. 어머니는 교회서 사람들이 오니 집밖으로 슬그머니 나가셨다. 나 혼자 전도사의 말에 귀를 쫑긋 세웠다. 그때의 말씀이 요한복음 일 장 십이 절이었다. 그 후로 오늘까지 "영접하는 자 곧 그 이름을 믿는 자들에게는 하나님의 자녀가 되는 권세를 주셨으니" 이 《성경》 구절은 여태까지 잊어본 적이 없다.

예수를 믿는다는 이유 하나만으로 집에서 쫓겨나기도 하고 형들에게 매도 맞았다. 이 소문을 듣고 전도사는 마산이나 부산으로 가서 낮에는 일을 하고 야간에 학교에 다니라고 말했다. 고맙지만 마산이나 부산에 아는 사람이 없으니 갈 수가 없었다. 몇 년이 지난 후에 들은 얘긴데, 전도사가 나를 객지에 나가도록 적극적으로 돕지 못한 것은 예수를 믿지 않는 어머니 때문이라고 했다.

내가 부산에 온 지도 벌써 50년이 훌쩍 지났는데도 아름다운 추억이 간직된 수양교회가 가슴속에 남아있다. 쓸쓸하고 고독할 때면 가보고 싶은 곳이다. 요즈음 나는 수양 교회에서 예배드리는 꿈을 종종 꾼다. 수양교회는 나의 모교회이지만 정이 더 든 이유는 부모 형제들을 예수 믿게 해 달라며 애써 기도했던 교회이기 때문이다.

이제는 들 한가운데에 교회를 크게 잘 지었다. 하지만 내 어릴 적 숨결과 애절한 기도는 야트막한 산 밑의 교회에 고스란히 묻어 있는 듯하다. 낮은 산 밑, 지금은 교회의 흔적도 내 눈물의 흔적도 없지만 마음은 아직도 그곳에 있다.

교회 북쪽 계곡에는 절골이라는 작은 마을이 있고, 절골 저수지가 있다. 남쪽으로 조금만 내려가면 동해를 잇는 수대洙岱 앞바다가 펼쳐진다. 아름다운 풍경이 있는 그곳 수양교회에서 나는 예수를 믿었다.

창문을 활짝 여니 해맑은 가을 하늘이 펼쳐졌다. 코발트 물감을 뿌려놓은 수채화 같은 하늘이 나를 감쌌다. 나는 새하얀 한 조각 구름이 되어 두둥실 떠가고 있다.

둥지

이사를 했다. 사람이 살다 보면 이사를 해야 할 여러 가지 이유가 생긴다. 나는 이십 년 전 가산이 기울어 본의 아니게 집을 팔았다. 그 뒤부터 계약 기간이 2년밖에 보장되지 않는 을乙의 세입자가 되었다.

사글셋방에 이삿짐을 풀어 거처를 삼았다. 2년은 금방 지나갔다. 이 년의 임대기한이 지나면 집 주인은 방을 비워달라고 하였다. 남들은 주인을 잘 만나 재계약도 한다던데 나는 그런 복이 없었다. 좀 더 살자고 했더니 내가 예상한 것보다 더 많이 세를 올리겠다고 한다. 어쩔 수 없이 다른 집으로 짐을 옮겼다.

좋은 일로 이사를 자주 했다면 더없이 다행한 일이겠지만 빚에 쪼들린 나는 할 수 없이 월세방을 수차례 옮겨 다녔다.

계절이 몇 번이나 바뀌고 바닥 생활에도 익숙해질 무렵, 때 아닌 불행이 나를 담금질했다. 어느 날 직장에서 일을 하다가 경추를 심하게 다쳤다. 그로 인해 수술을 하고 입원해 있을 때다. 집주인이 집을 비우라는 전화를 했다. 임대기간이 만료되었지만 퇴원할 때까지만 기다려 달라고 매달리듯 부탁했다. 그러나 집주인은 내 호소를 들어주지 않았다. 한숨밖에 나오지 않았지만 셋집 사는 사람으로 어쩔 수 없었다.

떠밀려 정착한 곳이 수십 년 된 5층짜리 아파트다. 가장 위층이라 겨울에는 몹시 춥고 여름에는 한증막이 따로 없었다. 일 년이 지날 즈음, 어느 날 중개인이 찾아와 집주인이 집을 팔겠다는 의사가 있음을 일러주었다. 그 말을 듣는 순간 세상에는 나와 같이 셋방살이 하는 많은 사람들이 이렇게 고통을 당하고 있을 것이라는 생각이 새삼 들었다.

도심의 골목길을 지나다 보면 간혹 시멘트 틈새에 피어난 민들레가 눈에 뜨인다. 아무것도 살 수 없을 것 같은 틈 사이로 생명을 뿌리내린 그는 거친 환경을 잊은 채 아무도 알아주지 않는데도 해맑게 웃고 있다. 작은 민들레는 오래도록 내 마음을 붙들었다. 그 민들레는 인내를 일깨워 주었다. 고개를 숙이고 인고忍苦를 한 수 배웠다.

중개인이 다녀간 지도 어느덧 열 달이라는 기간이 흘렀다. 이사할 걱정을 하니 벌써부터 마음이 안정되지 못했다. 다시는 이사 걱정 없이 내 집에 살고 싶은 마음이 가슴을 가득 메웠다. 아들 내외에게 내 형편에 맞는 집을 사겠다는 의사를 전했다. 며느리는 인터넷을 검색해 매물들을 내 메일로 보내 주었다. 나는 며느리가 보내준 물건들을 프린트하여 보러 다닐 집을 차례로 정리했다. 그것을 들고 하루에 네댓 군데의 집을 둘러보았다. 햇빛과 아스팔트 열기가 나를 괴롭혔다. 다리가 후들거리고 발바닥에는 물집이 생겼다.

게다가 지금의 전세금으로는 마땅한 집을 살 수가 없었다. 고민 끝에 은행 대출을 받기로 생각을 바꾸었다. 생활비에서 이자를 갚을 요량으로 몇 천만 원만 대출 받으면 오래된 아파트 한 채는 마련할 수 있을 것 같았다.

마침내 마음에 드는 집이 한 채 있었다. 낡은 아파트라 여러 곳을 수리해야 하지만, 내 형편에 맞는지라 살면서 고치기로 하고 구매 계약을 했다. 집을 팔고 난 후 이십 년 만의 기쁜 날이다. 내 집 계약서를 가슴에 안고 보니 셋방살이를 벗어난다는 생각에 행복하고 기쁨이 충만했다.

이사하는 날 이른 새벽에 잠에서 깨어났다. 이날따라 궂은비가 내린다. 셋방살이로 힘들었던 여러 가지 생각이 주마등처럼 스쳐 지나간다. 2년의 임대기간이 만료되면 쫓겨나듯이 집을 옮기던 일들이 파란만장하게 다가왔다. 하늘에서 내리는 비는 힘들었던 지난날의 일을 다 씻어버리고 가라는 것 같았다.

아침 일찍이 이삿짐을 실을 차가 왔다. 5톤짜리 박스 차다. 이사 준비를 하면서 아까워 버리지 못하고 덕지덕지 끼고 살았던 살림살이는 다 없앴다. 꼭 필요한 가재들만 챙기고 나니 홀가분했다. 그러나 내가 소중히 여기는 책들은 손때가 묻은 헌 책도 있었지만 하나도 버리지 않았다. 그것은 유일한 내 마음의 양식이라 버릴 수가 없었다.

예정된 시간에 차는 내가 살 집에 도착했다. 전에 살던 사람들의 흔적을 말끔히 청소하고 짐을 풀었다. 이제 누구의 눈치를 볼 것도 없고 쫓겨날 염려도 없는 내 소유의 집이다. 그렇게도 원했던 보금자리에서 하룻밤을 잤다. 소원이 이루어진 것이다.

이삿짐 정리가 다 끝나지 않았지만 집수리를 하고 싶었다. 가재도구가 있는 상태에서 리모델링 하기로 하고 견적을 받았다. 공사대금의 견적이 내가 원하던 것과 차이가 나지 않았다. 집 수리는 순조롭게 진행되었다. 목수들의 기술로 헌 집이 새 집으로 변해 가고 있었다. 오래된 창틀과 유리를 걷어내고 새로운 창틀과 유리로 바꾸었다. 청록색 블라인드는 실내 분위기를 더욱 편하게 해주었다. 이십여 일 만에 예쁘게 집 수리가 마무리되었다.

내친 김에 집안 대청소를 하였다. 아름답고 깨끗하게 변모된 아파트가 내 마음까지 환하게 해주었다. 책장을 정리하는 동안 저절로 콧노래가 흘러나오고 한편 가슴이 찡해진다. 어느새 셋방살이로 겪은 상처들도 청소를 한듯 사라졌다. 긴 여정을 끝낸 한 마리 철새가 떠돌지 않아도 되는 둥지에서 무거운 짐을 내려놓은 것 같다는 생각이 든다. 이제는 철새가 아닌, 다시는 옮겨 다니지 않아도 될 텃새처럼 둥지를 틀었다.

창문을 활짝 여니 해맑은 가을 하늘이 펼쳐졌다. 코발트 물감을 뿌려놓은 수채화 같은 하늘이 나를 감쌌다. 나는 새하얀 한 조각 구름이 되어 두둥실 떠가고 있다.

덕분에

농사짓는 일 말고 할 줄 아는 게 없었다. 군대에 들어가 운전 교육대를 거쳐 수송부에 근무하면서 차를 한 대 배당받았다. 부대 슬로건이 "닦고, 조이고, 기름칠 하자."였다. 시간만 나면 차를 닦고, 나사를 조이고, 기름칠을 했다. 그것은 손과 발을 사용해 집중력을 가지면 되었으니 별 문제가 아니었다.

어느 날 주임상사가 차량번호와 타이어 번호를 적어 내라고 했다. 차량 번호는 아라비아 숫자라 적기가 쉬웠는데 문제는 타이어 번호였다. 타이어 번호는 영어가 섞여 있어서 눈앞이 캄캄했다. 한 번도 알파벳을 써 본 적이 없기 때문이다. 영어

읽기가 안 되는 건 당연하였다.

군대는 명령이 생명이기에 상사의 말을 따를 수밖에 없었다. 영어를 모르니 백지 위에 알파벳을 그려 넣어 영문자로 조합된 열 개의 타이어 번호와 차량 번호를 적어 냈다.

제대한 후 회사에 취직을 하려니 시험관은 주산이 몇 급이냐고 물었다. 나는 주산 할 줄 모른다고 했다. 희망하는 회사마다 고등학교를 졸업했냐고 물었다. 나는 거짓 없이 고개를 흔들었다. 그들은 나를 집에 가라고 했다. 그때마다 눈앞에 닥친 현실이 거대한 벽처럼 느껴졌다. 나는 "안 돼."를 중얼거리며 사무실 문을 나서곤 했다.

나는 깊은 산골짜기에서 가난한 농부의 아들로 태어났다. 초등학교 학력뿐인 터라 온전한 직장을 구할 수가 없었다. 객지에 나와 당장 호구지책이 급해 막노동판을 전전할 수밖에 없었다. 체격까지 왜소하여 하는 일마다 힘에 부쳐 몸살을 앓았다. 그때 나는 어떤 난관이 있더라도 내 자녀들만은 꼭 공부를 시키고야 말겠다는 각오를 하였다.

도시개발공사에서 일할 때다. 당시는 남부럽지 않게 살았다. 가정은 평화로웠다. 그런 내 가정에 뜻밖의 위기가 찾아왔다. 아내가 뇌경색으로 갑자기 쓰러졌다. 나는 깊은 수렁에 빠졌다.

그러던 어느 날 무심코 TV를 보고 있을 때였다. 사십대 중반의 한 남자 이야기에 내 시선이 집중되었다. 주인공은 미국의 어느 가정에 사남매의 셋째 아들로 태어난 '마크'라는 사람이었다. 그는 선천적 기형으로 양쪽 어깨가 없는 장애인이었다. 자연히 두 팔도 없었다. 그 부모는 어찌하여 이런 일이 우리 자식에게 생겼을까 하며 신을 원망하였다고 했다.

불구의 몸으로 아무것도 할 수 없다고 좌절해야 할 그였지만, 그는 남에게 조금도 도움을 받지 아니하고 정상인과 똑같이 살아가고 있었다. 마크는 혼자서 모든 것을 해결하였다. 심지어 두 발로 자동차 운전까지 하고 가지 못하는 곳이 없었다. 양쪽 어깨가 없는 사람이 기타를 메고 차 트렁크를 여는 모습을 보고 내 마음에 희망의 빛이 일렁이고 지나갔다. 그가 스스로 세상을 열어가는 모습이 내 닫힌 마음의 빗장을 풀어주고 내 눈을 열어주었다.

나는 지금까지 이 세상을 살아오면서 배우지 못한 것을 오랫동안 한탄만 하며 좌절했다. 마크를 보고 난 후부터 내 정신은 감전이라도 된 듯하였다. 이렇게 살다가는 죽도 밥도 안 되겠다는 생각이 들었다. 일본의 '시바타도요' 할머니는 아흔여섯에 시집을 냈다. 대장장이가 쇠 절굿공이를 수없이 망치질하고 갈아서 바늘을 만든다는 말이 있다. 늦었지만 지금부터라도 '나는 안 돼.'라는 부정적인 마음을 '덕분에'라는 긍정적인 생각으로 바꾸기로 했다.

그동안 영어를 몰라 불편한 적이 한두 번이 아니었다. 하지만 영어는 그렇다 치고, 한글을 이만치라도 읽고 쓸 수 있는 게 얼마나 다행한 일인가. 우리 세대에는 한글도 모르는 사람이 더러 있었다. 나는 부모님 덕분에 초등학교는 졸업했다. 가난한 집안에서 태어나 일찍부터 힘든 일을 하였지만 인생의 도리는 배웠다.

또 배우지 못한 덕분에 만나는 사람이 다 나의 스승이었다. 무지한 탓에 다른 사람에게 치이기도 하였다. 살아가면서 가슴을 아프게 하는 사람들이 종종 있었지만 그때마다 '도오선자道吾善者는 시오적是吾賊이요 도오악자道吾惡者는 시오사是吾師라.' (나의 좋은 점을 말해 주는 자는 나에게 도적과 같은 사람이요, 나의 나쁜 점을 말해 주는 자는 나에게 스승과 같은 사람이다.)라고 하신 소강절 선생의 말을 거듭 마음에 되새겼다. 소강절 선생 덕분에 따끔한 충고를 마다않는 사람을 선생으로 받아들였고, 모르는 것은 묻고 배우면서 익히고 있다.

이제는 미루었던 글쓰기를 제대로 배우려고 한다. 어떻게 글을 써야 할지 막막하기만 하다. 처음에는 글쓰기에 관련된 책들을 구입해 읽었다. 책을 읽으면서 항시 독서노트를 옆에 두고 감동이 되는 문장을 옮겨 적었다. 그렇게 하다 보니 동서양의 유명한 작가들이 나의 훌륭한 선생이 돼주었다.

모든 것이 다 그렇겠지만 마크의 백분의 일만 연습한다면 못

이룰 것이 없으리라 본다. 내가 이렇게 서 있는 것은 다 그분들의 덕분이라 여긴다.

아내가 그립다

텅 빈 하늘을 바라본다. 이십 수년 전의 일이 엊그제 일처럼 생각난다.

직장 동료가 내 고향에서 여자 한 분이 왔다며 서면교회에 오라고 했다. 여자의 이름을 말하는데 모르는 사람이었다. 궁금하여 다음 주일에 그 동료가 다니는 교회에 가기로 했다.

청년회 사무실에서 그를 만났다. 모르는 사람이었다. 이야기 나누다 보니 어느 댁 딸인 줄은 알게 되었다. 그는 이삼 년 전부터 예수를 믿었고 지금은 삼봉교회에 다닌다고 했다. 교회 다닌 지가 얼마 되지 않아 내가 몰랐던 것이다. 삼봉교회는 우리 교회에서 개척한 교회다. 우리 마을에서 작은 산 하나 넘어 가면 있다. 개척은 쉬운 일이 아니다. 힘들게 세운 교회라 어른들은 삼봉교회라고 부르기보다 개척교회라 불렀다.

나는 삼봉교회에 행사나 부흥회가 있을 때 봉사하러 다녔다. 교회 일이라면 열심히 했더니 수양교회에나 삼봉교회에서는 내가 신앙이 좋다고 여러 사람의 입에 오르내렸다. 아마 그 소문을 듣고 나를 찾아온 모양이다. 까마귀도 내 땅 까마귀라면 반갑다고 고향 사람을 만나니 반가웠다. 게다가 같은 종교를 가졌으니 신앙 이야기도 할 수 있어 더욱 좋았다.

부산에는 교회가 많다. 그 많은 교회를 제쳐두고 자신이 아는 사람이 다니는 교회에 온 것은 흔한 일은 아니다. 우리는 일요일마다 만나 시내를 구경했다. 우리가 같이 다니는 모습을 본 직장동료는 나더러 전포동 교회 부근으로 이사 오라고 했다. 마음이 움직이기 시작했다. 내가 다니는 곳은 용당에 있는 교회였기에 서면에서 멀었다.

나는 동명목재에 다녔고, 용당에서 자취를 했다. 용당에서 전포동까지 일요일마다 다니기가 불편했다. 전포동으로 자취방을 옮겼다. 교적도 전포동에 있는 서면교회로 이적했다. 통근 버스가 전포동을 통과하니 출퇴근길도 편했다.

그날도 퇴근해 자취방에 들어갔다. 방안이 깨끗했다. 양말과 속옷을 빨아 말려 한쪽에 가지런히 개 놓았다. 그가 와서 청소를 하고 세탁까지 했던 것이다. 나는 빨래를 모아두었다가 일요일에 했다. 그가 청소와 빨래를 해주니 일요일 시간은 여유가 생겼다. 덕분에 일요일 예배를 마치면 그녀와 신나게 해운대와 송도로 다닐 수 있었다.

어느 토요일, 그와 손잡고 황령산 계곡을 오르고 있을 때다. 개울물 소리가 들렸다. 발걸음이 자연히 그쪽으로 향했다. 개울에 발을 담갔다. 개울물이 내려가는 소리는 우리를 축복해주는 아름다운 멜로디 같았다. 무엇에 이끌린듯 그의 발을 씻어 주었다. 꼼지락거리는 발가락이 예뻤다. 나는 사랑한다는 말은 차마 하지 못하고 발을 씻어 주는 것으로 사랑을 표시했다.

우리가 사귀고 있다는 사실을 고향 부모님이 알았다. 어머니는 나를 꾸짖으셨다. 멀쩡하고 건강한 내 아들이 왜 약한 사람과 살아야 하느냐는 것이다. 그러는 어머님의 말씀을 거절하고 나는 그녀와 결혼했다.

지금도 중환자 침대에 누워있던 아내가 생각나면 눈물부터 난다. 면회시간이 되면 아내 곁으로 갔다. 주어진 짧은 시간에 아내의 몸 전부를 닦아주어야 했다. 수건을 몇 번 바꾸어 닦으면 어느새 면회시간이 끝난다. 겨드랑 밑으로, 발가락 사이로 깨끗이 닦아주면 아내에게 잘못한 것을 조금이라도 보답하는 것 같은 느낌이 들었다. 아내는 아무런 표정을 지을 수 없었지만 내가 자신의 몸을 닦아주는 줄은 아는 듯했다.

담당 간호사는 시간이 다 되면 병실에서 나가라고 했다. 내가 나올 때쯤이면 그의 눈에서 눈물이 자르르 흘렀다. 나도 따라 눈물이 났다. 아내가 몸이 약한 것을 알았지만 이렇게 허무하게 쓰러질 줄은 정말 몰랐다. 후회가 되는 것은 아내에게 잘못한 것이 너무 많다는 것이다. 그러나 때는 늦었다.

아내의 상태가 위중해진 그날따라 아들이 엄마 보러 온다는 연락이 왔다. 아들이 병상에서 초췌한 엄마 모습을 보고 크게 충격 받을 것 같아 "엄마 괜찮다."며 오지 말라고 했다. 아들에게 한 그 말 한마디는 나의 애끊는 소리였다.

중환자 보호자 대기실 분위기는 우울하다. 같이 있던 사람이 호출되어 나가면 옆에 있던 다른 보호자는 또 갔구나 하고는 벽을 보고 눈시울을 적신다. 나는 그게 무슨 말과 행동인지 몰랐다. 어느 날 새벽 두 시 반이 지났을 무렵이다. 중환자실에서 나를 찾았다. 낮에 벽을 보고 눈물을 훔치던 그가 넋이 나간 듯 나를 바라보았다. 영문도 모르고 중환자실로 뛰어갔다. 담당의사는 슬프고 비참한 표정으로 나를 바라보며 사망한 날짜와 시간을 알려주었다. 내게 준비하라고 일러주고는 무거운 발걸음을 옮겼다.

산소마스크를 떼어 낸 아내는 다른 침대에 옮겨지더니 복도로 나갔다. 그때야 나는 아내가 이 세상을 떠났다는 사실이 느껴졌다. 아내가 실려 나가는 침대를 붙잡고 통곡했다. 새벽 중환자실 복도의 적막은 내 통곡으로 깨어졌다. 울부짖던 내가 그만 정신을 잃었나 보다. 누군가 와서 나를 데리고 갔다. 작은 방이었다. 이곳에서 날이 샐 때까지 쉬라고 했다.

몇 시간 후, 사람들이 몰려와 아내의 죽음을 알릴 곳에 알리라고 했다. 형제들 이름이며 전화번호도 생각이 나지 않았다. 딱 한 사람, 해운대 동생의 전화번호만 떠올랐다. 그 동생에게 전화를 했다.

장례를 치르는 날 정신이 빠져나간 사람처럼 멍했다. 그때까지도 아내가 곁에 있는 것 같았다. 아내의 관이 땅에 묻히는 순간 나는 그만 정신의 끈을 놓고 말았다.

아내는 사람 좋다는 말을 많이 들었다. 남의 말만 잘 듣지 않았더라도 이렇게 일찍 세상을 떠나지는 않았을 것이다. 아내와 행복하게 산 시간이 너무나 짧았다.

오늘도 아내가 그립다.

숙성된 졸업장

학벌 앞에서는 고개가 숙여진다. 겨우 초등학교만 졸업했기에 배움에 늘 목말라 있었다. 그런데 나는 그 졸업장도 없다. 망팔望八 앞에 서면 지난 모든 것이 놓치고 싶지 않은 추억이라 하던가. 이 나이가 되도록 초등학교 졸업장을 받아보지 못했으니 늘 가슴 한구석은 비어 있었다. 텅 빈 가슴을 안고 버스에 몸을 싣고 고성교육지청에 갔다.

보잘것없는 '초등학교 졸업장'이지만 미련을 버리지 못해 마음이 편하지 않았다. 교육청에 들어가 서성이고 있으니 내게 "어떻게 오셨습니까?" 하고 직원이 물었다. 나이도 적지 않은 사람이 두리번거리고 있으니 이상하게 보였던 모양이다. 쉽게 입이 떨어지지 않아 머뭇거리다가 간신히 말을 꺼냈다.

"내 나이가 칠십이 넘었습니다. 운명인지 모르지만 지금에 와서야 수필이라는 글을 쓰고 있습니다. 초등학교 졸업이 최종학력인데 그 졸업장마저 없습니다. 졸업장을 받지 못한 이유는 6년 동안에 단 한 번의 월사금을 못 냈기 때문입니다. 가정 형편이 그만큼 어려웠습니다. 졸업할 즈음 담임선생님이 미납한 월사금을 내지 않으면 졸업장을 줄 수 없다고 말했지요. 그 말을 어머니에게 말씀드렸더니 "돈을 묵고 죽으려 해도 없다. 그라모 졸업하지 마라."고 했습니다. 끝내 저는 그 한 번의 월사금을 내지 못해 졸업장을 받지 못했습니다. 그런데 웬일일까요? 전에도 그랬지만 요즈음에 와서 그 졸업장을 보고 싶은 간절한 마음이 들었습니다. 혹 그런 일이 제게 있을 수 있을까요?"

자초지종을 듣던 그 사람은 내게 신분증을 달라고 했다. 내가 다니던 학교는 이미 폐교가 되었다. 합병이 된 학교에서 행정 처리를 한다고 했다. 교육청을 찾아간 그날이 마침 금요일 오후라 다음 주 월요일에 졸업장을 발급하여 나의 주소지로 보내 주겠다고 했다. 들어갈 때와는 달리 가벼운 걸음으로 교육청을 나왔다.

다행히 민원인의 고충을 잘 이해해 주는 사람을 만났다. 집으로 돌아오는 차에 올랐다. 흘러간 시간이 무상無常하여 마음은 파도치는 바다처럼 출렁인다. 초등학교를 졸업한 햇수를 헤아려 보니 육십 년이라는 시간이 훌쩍 흘러갔다. 그러나 졸업장을 드디어 본다는 생각에 가슴이 설레었다. 누가 내 마음을 엿보았다면 코웃음을 칠 것이지만 가슴은 행복으로 채워져 포만감에 젖었다.

드디어 졸업장을 우편으로 받았다. 육십 년이나 숙성된 졸업장이다. '감개무량感慨無量'이란 말은 이럴 때 쓰는 말인 것 같다. 졸업장 외에 뭐가 또 들어 있다. 생활기록부다. 그걸 자세히 들여다보았다. 몹시도 가난했던 유년시절의 기억이 색바랜 필름처럼 지나간다. 월사금을 제때에 내지 못해 선생님에게 쫓겨 집으로 갔던 그해는 결석이 무려 19일이나 되었다. 선생님이 '월사금을 가지고 오지 않으려면 학교 오지 마라.'는 말에 그렇게 결석을 많이 한 것 같다. 6학년 때에는 결석이 13일이었다. 아마 그때도 어머니의 '졸업하지 마라.'는 말을 듣고 주눅이 든데다가 월사금을 못낸 죄로 학교에 가지 않은 날이 많았던 게다.

쓴웃음이 터져 나오는 곳이 한군데 있다. "각 과는 보편적이나 특히 한문에 능숙하다."라는 특기 사항란이다. 우리 마을에는 연세가 많은 훈장 어른 한 분이 계셨다. 그분은 겨울밤이면 동네 아이들에게 무료로 한문을 가르치셨다. 그 훈장님께 삼 년 동안 한문을 배웠다. 이른 봄이 오기 전에 보통 책 한 권을 다 배우면 책거리를 한다. 그때는 한문을 배운 아이들이 훈장에게 술을 대접했다. 훈장님이 술을 한 잔 드시면 우리는 손뼉을 쳤다. 나는《명심보감明心寶鑑》과《사자소학四字小學》을 그때 배웠다.

어느 날 담임선생님이 우리에게 자습을 하라 하고는 교실 밖으로 나가셨다. 아이들은 칠판에 시를 한 소절씩 썼다. 그때 나는 칠판에《명심보감》에 나오는 첫 소절의 글을 한문으로 갈겨썼다. "子曰爲善者는 天報之以福하고 爲不善者는 天報之以禍니라(공자가 말씀하시기를 착하게 사는 사람은 하늘이 복으로 보답하고 착하지 아니한 사람에게는 하늘이 재앙으로 갚아 준다.)." 그때 선생님이 들어와 내가 쓴 글을 보고 씨익 웃더니 자리에 들어가라고 했다. 생활기록부에는 그때 느낀 점을 적었던 듯하다. 졸업장과 생활기록부를 봉투에 담아 책꽂이에 꽂아 두었다.

'복수공부법'이라는《손빈병법》이 완성된 이유는 방연과의 관계 때문이다. 손빈은 젊었을 때 귀곡자 밑에서 친구 방연과 함께 공부를 하였다. 그의 학업성적은 늘 방연을 앞질렀다. 손빈은 방연의 질투 대상이었다. 훗날 방연은 위나라 장수가 되었다. 그때 손빈을 불러 선심을 쓰는 척하고 부하를 시켜 무릎 아래를 자르는 빈형臏刑을 가했다. 방연에게 수모를 당한 손빈은 구사일생으로 제나라로 돌아왔다. 그 후 방연에게 복수하기 위해 병법서를 정리한 것이 오늘날 《손빈병법》이다.

가정 형편상 초등학교 학력에서 마침표를 찍었다. 지나간 육십 년을 더듬어 보니 내가 걸어온 여정은 만만하지 않았다. 먹구름이 끼듯이 우울한 날도 있었고, 세찬 비를 맞은 날도 무수히 많았다. 《성경》에 "울며 씨를 뿌리러 나가는 자는 반드시 기쁨으로 그 곡식 단을 가지고 돌아오리라."는 글이 있다. 나도 지난날 눈물을 흘릴 만큼 흘렸다. 요즘의 만족스러운 삶은 그때의 고통을 참고 견뎌낸 보람이리라 믿는다.

지금, 새로운 도전에 나섰다. 내 재주로는 상당히 힘들지만 최선을 다한다. 가풀막에서 자라는 처지를 비관하여 자라기를 포기했다는 말을 들어본 적이 있던가. 삭정이 같은 두뇌로 생각을 글로 쓰기가 여간 어렵지 않지만, 소일거리 없이 배회하는 딱한 노인이란 소리는 듣지 않으니 견뎌낸 보람이며 복된 일이라 여긴다.

오늘도 느긋하게 책을 읽는다. 나를 바라보는 이웃들에게 훈훈한 미소를 줄 수 있음이 행복하다. 책꽂이에 꽂힌 초등학교 졸업장을 죽비로 여기며 아련한 과거를 떠올리며 하루하루를 감사하며 산다. 여생의 목표와 방향이 이미 설정되어 있어 흐뭇하다.

고마운 눈물

아들이 스님처럼 머리를 빡빡 깎고 왔다. 지어미가 없는 애비는 격일제 직장 일을 했다. 그러다보니 아들에게 따뜻한 밥 한 그릇 못 해 먹였다. 휘청거리는 아들이 불쌍했지만, 내 형편이 그랬기에 아들의 행동을 안타깝게 보고 있을 수밖에 없었다.

어느 토요일, 아들과 마주 앉았다. "어머니도 없이 아비 밑에서 자라는데 네가 어떻게 하려고 머리를 그렇게 깎았느냐. 다른 사람들이 너를 보고 문제아라고 생각하지 않겠나?" 내 말을 가만히 듣던 아들은 집밖으로 휑하니 나가버렸다. 아이에게 무슨 말이라도 한마디 듣고 싶었다. 눈물이 핑 돌았다. 가난한 홀아비가 아이를 키우는 것이 이렇게 힘든 줄은 몰랐다. 그날 밤 나는 여러 가지 생각을 하며 베갯잇을 적셨다.

지금까지 직장, 가정, 어디 하나 소홀히 한 곳 없이 노력하며 살았다. 그러나 월급이 반 토막 나고부터 아들의 식비, 교통비, 책값 대 주기도 힘에 부쳤다. 마침 아들은 전액 장학금으로 공부를 해서 그나마 다행이었다.

선생들의 말은 아들이 공부 잘하는 모범 학생이라고 했다. 그런 아이가 집에만 오면 짜증을 낸다. 좋은 부모를 만났으면 제 앞길에 대해서는 걱정이 없을 터인데 싶어서 가슴이 찢어지는 듯했다.

모 월간지에서 K 대 N 교수가 쓴 글을 읽었다. 그 글에 내 눈이 고정되었다. 글쓴이는 신학 교수였다. 그에게 내 이야기도 하고 도움을 받고 싶었다. 하지만 전화번호를 알지 못해 막막했다. 수소문 끝에 교수에게 전화를 걸었다. 그는 흔쾌히 나의 간청을 들어주었다. 아들에게 말했다. "우리 그 사람에게 가서 상담을 한 번 받아보자."고 말했다. 내 말이 끝나자마자 아들은 화를 벌컥 내며 "아빠나 상담 받으세요." 하고는 밖으로 나가 버린다.

싫다고 하는 아들을 두고 혼자 교수의 사무실을 찾아갔다. 아들과 같이 간다고 말했는데, 혼자 온 내게 아들에 대해 묻지 않았다. 지위가 높은 낯선 사람 앞에 앉으니 서먹했다. 교수는 내게 이야기하라고 권했다. 나는 자초지종을 말했다. 조용히 듣던 그는 눈시울을 손수건으로 닦았다. 말할 곳이 없던 나는 속에 담아둔 말을 앞뒤 가리지 않고 마구 쏟아 내었다. 막혔던 가슴이 뻥 뚫리는 것처럼 시원했다.

차근차근 내 말을 들어주시던 그는 아들을 이해하겠다고 했다. 그는 기도 외에는 다른 방법이 없다고 하였다. 이럴 때일수록 기도해야 한다며 "기도합시다." 한다. 그는 자식이 곁길로 갈까 봐 염려되었는지, "부모가 자식 이깁니까? 부모가 자식 이기면 자식이 망합니다."라고 했다. 그는 내 두 손을 붙잡고 아들을 위해 간절히 기도했다. 마치 자기 아들을 위해 기도하는 것처럼. 기도가 계속되는 동안 내 손을 더 굳게 잡고 울면서 기도하였다. 내가 울어야 할 것을 그가 울었다.

한참 후 기도가 끝났다. 교수의 얼굴은 눈물 콧물이 범벅이 되었다. 나도 그랬다. 교수는 휴지를 꺼내 내 얼굴부터 닦아 주었다. 두 손 모아 기도하던 그 손으로 말이다. 꾸역꾸역 눈물이 나오는 것을 겨우 참았다. 내 생각에 하나님께서 이분의 기도는 꼭 들어줄 것 같은 예감이 들었다. 마음이 편안해졌다.

내 자식을 위해 울면서 기도해 주는 분은 처음 만났다. 감동의 순간이었다. 그분의 간절한 기도를 들으니 하나님이 내 아들을 사랑하고 있구나 싶어 안심이 되었다.

한참 후, 교수는 재차 "자식을 이기면 자식이 망합니다."라고 했다. 이렇게 기도와 바른말까지 해 주는 사람이라 저절로 고개가 숙여졌다. 이분을 뵙기 위해 음료수 하나 딸랑 들고 온 것이 미안했다. 하지만 진심으로 기도해 주고 좋은 말씀까지 해 주니 고마운 마음 이를 데가 없었다.

방문을 밀고 밖으로 나오기가 무척 쑥스러웠다. 그는 자신도 아들을 위해 기도하겠으니, 아들을 위해 아버지도 계속 기도하라고 일러주며 손을 흔들었다.

힘들고 어려운 중에 성장한 그 아들이 무난히 대학을 졸업했다. 아들을 위해 울면서 기도해 주던 그 교수와 헤어진 지도 어느덧 십 년이 지났다. K 대학교에 전화를 걸어 N 교수를 찾았다. 안식년이라 쉰다고 했다. 일 년을 더 기다렸다. 한 해가 지난 초여름 N 교수와 통화가 되었다. 반가워했다. 뵙고 싶다고 했더니 그분도 만나자고 하였다. 우리는 내가 근무하는 병원 옆 식당에서 점심시간에 만나기로 약속을 했다.

교수는 환하게 미소 지으며 미국식으로 내 어깨를 감싸안았다. 식탁에서 마주보고 앉았다. 지금까지 어떻게 지냈는지 물었다. 그는 내 아들을 많이 걱정했다고 한다. 아들에 대해서도 물었다. 아들이 의과대학을 졸업하고 새내기 의사가 되었다고 말했다. 의사가 된 동기에 대해서도 물었다. 자초지종을 얘기했다. 가만히 듣고 있던 교수는, 어머니가 돌아가시고 의사가 되겠다는 결심을 했으니 유능한 의사가 될 거라고 말했다.

그는 고생하며 성장한 아들이 의사가 된 데 대해 매우 흡족해 하였다. 내게도 오늘이 있기까지 고생 많았다고 칭찬해 주었다. 다 교수님의 기도 덕분이라고 나는 말했다.

나의 인생여정에서 이렇게 고마운 분을 만난 것은 신의 축복이라 믿는다. 이 세상에 남의 아들을 위해 뜨겁게 울어줄 사람이 어디에 있을까. 글을 쓰는 지금도 내 머릿속에는 그분의 기도하던 모습이 떠오른다.

환하게 웃는 모습도, "자식을 이기면 자식이 망합니다." 하는 그 음성도 내 가슴 깊은 곳에 새겨져 있다. 그분의 눈물이 있었기에 지금 내 아들이 반듯하게 서 있지 않나 싶다.

아버지 생각

지리한 장마가 끝났다. 하늘을 아득하게 바라보기만 해도 요즈음에는 아버지가 그립다.

지금 나는 당시 아버지보다 오래 살고 있다. 고희를 넘기니 내 몸도 마음도 쇠약해졌다. 아버지는 소리 내어 웃는 일이 없었다. 좋은 일이 있어도 그것을 드러내지 않으셨다. 못마땅한 일이 있어도 침묵으로 일관하셨다. 아버지는 남에게 폐가 되는 일은 물론 피해를 당해도 화를 내거나 다투는 일이 없으셨다. 경작지에 마을 사람들의 소가 농작물을 훼손하는 경우가 있어도 혼자서 혀만 찰 뿐, 소 주인에게 책임을 묻는 일이 없으셨다. 그래서 마을 사람들에게 아버지는 칭찬을 받으셨나 보다.

육십여 년 전, 아버지와 함께했던 기억이 떠오른다. 어느 가을날 아버지가 부르셨다. 지게와 낫을 내게 주며 나무하러 가자고 하셨다. 친구들과 놀고 싶었지만 아버지께 이끌리듯 지게를 지고 산으로 따라갔다. 친구들과 노는 데 마음을 빼앗겨 그랬는지, 나무를 하다가 손가락을 베었다. 아버지는 담배를 꺼내 상처 난 손가락에 붙이고 수건으로 싸매어 주셨다. 딴 생각하다 손가락을 베어서 아버지께 죄송했다. 그날은 나무를 조금 지고 집으로 왔다. 벤 손가락의 아픔은 나무를 한 짐 진 것만큼이나 무겁고 고통스러웠다.

나는 초등학교를 졸업한 후부터 혼자서 먼 산 초막골에 가서 나무를 해왔다. 나무하는 데도 이력이 붙었고, 낫질도 능숙해졌다. 초막골 산에는 어디에 무슨 나무가 있는지도 자세히 알았다. 나무 한 짐 하는 것도 남들처럼 수월했다. 그러나 농촌에서는 내 미래가 보이지 않았다. 꿈을 펼치기 위해 정든 고향을 떠나왔다.

막상 도회지에 와보니 내가 할 수 있는 일이 없었다. 부산에 아는 사람도 없고 오라는 데도 없었다. 스스로 찾아간 곳은 큰 건물을 짓는 공사현장이었다. 나는 그 공사장에서 잡부 노릇을 했다. 배운 것이 없으니 그 일이라도 해야 생활을 할 수가 있었다. 육체는 힘들었지만 나는 다른 사람들보다 열심히 일했다.

그런 습관 또한 아버지를 닮은 듯했다. 일을 시키는 사람에게서 칭찬도 받았다.

내가 힘들 때마다 아버지가 생각났다. 아버지의 부지런한 모습을 보고 자랐으니 막노동판의 고생도 견딜 수 있었다. 아버지는 아침에 지게를 지고 나가지 않으면 개똥망태라도 메고 나가셨다. 우리 가족이 아침밥을 먹을 시간쯤이면 망태에 담아온 개똥을 뒷간에 쏟아 부었다.

삼대독자이신 아버지는 어릴 적에 가까운 친척이 없었다. 가난한 부모에게 투정이나 떼 한 번 써보지 못하고 마음껏 울어보지도 못했을 것이다. 그래서 더 외롭고 힘들었을 것이다. 그런 아버지는 험난한 세파에 부딪히면서 오직 부지런해야 살아갈 수 있다는 신념 하나만으로 인생을 사신 분이다. 그 나머지 세상의 상처쯤이야 다 떨어버리고 이제껏 살아오셨다.

막노동을 하며 살 때 지인에게서 반가운 소식이 왔다. 부산체신청에서 직원 한 명을 특채로 뽑는다고 했다. 그의 말은 내가 군에 있을 때 통신부대에서 근무한 것이 경력이 되어 지원서만 내면 0순위라고 하는 것이다. 나는 그가 가르쳐 준 대로 부산체신청에 지원서를 냈다. 지원서를 낸 후 오십여 일 만에 부산우체국에 발령이 났다. 부산우체국 통신부서에는 빈자리가 없어 운송과 발착계에서 근무했다.

우체국에 들어오기 전, 공사장에서는 쉬는 날이 많았다. 공사가 끝나면 쉬고, 비가 오는 날에도 일을 못 하기에 한 달분의 급여가 들쭉날쭉했다. 그러나 우체국은 비가 오나 눈이 오나 일을 할 수 있으니 매월 한 달분의 월급이 꼬박꼬박 들어왔다. 생활도 윤택해졌다. 또한, 공무원이 되고부터 다른 사람들처럼 나도 양복을 입고 출근했다.

어느 날 아버지가 편찮으시다는 연락을 받았다. 급히 고향에 갔다. 아버지는 누워계시다가 내가 온다는 소리를 듣고 지팡이를 짚고 나오셨다. 까칠한 아버지의 모습에 가슴이 메었다. 그러나 직장을 오래 비울 수가 없었다. 삼 일 만에 아버지께 인사를 드리고 보약 사 드시라며 주머니에 봉투 하나를 넣어 드렸다. 직장에 돌아왔지만 무슨 일을 하든지 아버지 얼굴만 떠올랐다. 아버지의 존재와 추억의 조각들이 내 정신의 버팀목이었다. 고향을 지나칠 무렵이면 아버지와 산에 나무하러 다니던 때와 가을 논에서 나락을 베던 때도 아련히 생각났다.

한가위를 맞아 아버지를 뵈러 시골에 갔다. 마을 초입에서 만난 어른들마다 나를 효자라고 했다. 듣기에 기분은 좋았다. 하지만 나는 그런 말 들을 자격이 없는 아들이다. 어르신들의 말에 아버지는 친구들에게 술을 사며 "넷째 아이가 용돈을 많이 주고 갔어! 이 술값은 그 애가 준 돈이야." 하셨다고 한다. 용돈 몇 푼 드린 것을 가지고 지팡이를 짚고 다니시며 내 칭찬을 하고 다니셨다는 것이다.

내가 어릴 적에는 그렇게도 말이 없으신 분이 자식 자랑을 쏟아내셨다니. 그 진실하신 자식 사랑에 가슴이 북받친다. 옛날, 속으로만 삭이신 아버지의 마음을 이제야 알 것 같았다.

근무하던 중 아버지가 돌아가셨다는 전보를 받았다. 하늘이 무너지듯이 눈앞이 캄캄했다. 운송과장에게 아버지가 돌아가셨다는 말을 전하고 고향에 갔다. 아버지는 수의를 입고 잠자듯 누워계셨다. 임종을 지켜보지 못한 회한으로 눈물이 가슴 미어지게 흘렀다. 둘러앉은 형제들도 훌쩍거렸다.

아버지를 태운 꽃상여가 집을 나갔다. 만장輓章 세 개가 우리 뒤를 따랐다. 그중에 두 개가 아버지께서 생전에 그토록 뿌듯해하던 내 직장에서 보내온 것이었다. 하급 직원에게도 이렇게 배려해 준 부산 우체국장과 직원들이 참으로 고마웠다.

살아오며 좋은 사람들을 많이 만났다. 또한 좋은 아버지를 만난 건 하늘에 감사할 일이다. 나이를 먹을수록 더욱 아버지가 그리워진다.

어머니 연가戀歌

어머니는 내가 사는 모습을 보고 넌지시 말씀하셨다. "열 손가락 깨물어 안 아픈 손가락 없다."라고 말했다. 평소에 말씀이 없던 어머니는 우리가 딱해 보였던 모양이다. 결혼한 지 오래되었지만 우리에게는 아이가 없었기 때문이다.

어머니는 힘이 센 분이셨다. 마을에 궂은 일이 있을 때는 언제나 앞장섰다. 게다가 이치에 맞는 말과 행동을 하셨기에 사람들이 어머니를 좋게 여겼다. 아버지가 객지에 돈 벌러 가시면 어머니 혼자서 일을 다 하셨다.

어릴 적이다. 어머니가 나를 집에 있으라 했지만, 그날 나는 어머니를 따라가고 싶었다. 어머니가 가신 곳은 임포 장이었다. 그때 어머니가 소금 한 가마니를 사서 여러 사람의 부축으로 머리에 이고 집까지 오는 것을 보았다. 소금 가마니는 상당히 무겁다. 마을 사람들은 어머니가 소금 가마니를 이고 오시는 것을 보고 힘이 장사라고들 했다.

어머니는 지천명일 때부터 술을 입에 대시기 시작했다. 술을 드시는 횟수가 늘어 나자 실수를 했다. 술을 많이 드실 때는 당신의 몸을 건사하기가 힘들어 보였다. 그러면서도 마음이 견디기 어려울 때는 어머니는 술을 드셨다. 그때 느낀 것은 아무리 힘이 세도 술에는 못 당한다는 것이다.

아버지와 어머니가 술을 즐기다 보니 우리 형제가 다 술을 좋아했다. 나는 어릴 때부터 교회 다닌 영향을 받았는지 모르겠지만, 어머니가 술을 드시고 실수하는 것이 싫었다.

내가 부산우체국에서 근무할 때다. 어머니가 밤배를 타고 중앙동 부두에 내려 아침에 우체국으로 나를 찾아오셨다. 내가 사는 전포동 집을 찾기보다는 중앙동에 있는 내 직장 찾기가 쉬웠던 모양이었다.

우체국에 출근하자마자 수위실 앞에 비치해 둔 출근부에 도장을 찍고 운송계로 걸어가고 있었다. 수위 아저씨가 뒤에서 소매를 잡아당겼다. 무심결에 뒤돌아 그를 바라보았다. 그는 어머니가 오셨다며 손짓으로 어머니 쪽을 가리켰다. 어머니는 나를 만나려고 수위실 벽 모서리에 기대어 서 계셨다. 뛰어가며 어머니를 불렀다. 양복을 말끔히 차려 입은 아들을 어머니는 선뜻 알아보지 못했다.

어머니와 나를 지켜본 운송계장이 어머니를 집에 모셔 드리라고 했다. 어머니는 통영에서 밤배를 타고 와 아들 직장으로 바로 왔다고 하셨다. 그러면서 "너도 양복 입고 다니냐?"고 했다. 출근할 때는 우체국 직원 전체가 양복을 입고 다니기에 나도 양복을 입고 다닌다고 말했다.

"높고 큰 이 건물이 네가 다니는 직장이냐?"

"예."

"양복까지 말끔하게 입고 다른 사람들과 어깨를 맞대고 의기양양 걸어가는 모습에 너인 줄 몰랐다. 그래, 똥장군을 져 나르던 네가 공무원이 맞냐?"

"예, 맞습니다." 어머니는 흡족해 하시며 환하게 웃었다.

어머니가 편찮으셔서 부산에 있는 병원에 입원하셨다. 그때 아내는 정성을 다해 병수발을 했다. 나도 퇴근한 후 저녁시간에는 어머니 곁에서 시중을 들었다. 입원한 지 6주가 지나자 병원에서 퇴원하라고 했다. 완연하게 낫지 않았지만 퇴원을 하라니 어쩔 수 없었다. 아내와 의논하여 어머니를 우리 집에서 요양하시도록 했다.

어머니의 예전 그 힘은 어디로 갔을까. 임포에서 그 무거운 소금가마니를 이고 집까지 오신 분이다. 아무리 힘이 좋다고 해도 여자의 머리 위에 올려놓은 소금 가마니의 무게를 견뎌낸 목이 얼마나 아팠을까.

어머니가 우리 집에서 요양하신 지 1년쯤 되었을 무렵이다. 연세가 드신 분이라 화장실 오가는 일을 여전히 불편해 하셨다. 어느 날 퇴근해서 어머니께 인사를 드리려고 하니 어머니가 안 계셨다. 아내는 내가 묻기도 전에 말을 꺼냈다. 고향에서 큰형님과 작은형님이 와서 모시고 가셨다고 했다.

아내는 시숙에게 병이 나을 때까지만 계시게 하자고, 회복이 안 된 몸으로 병원이 없는 시골에 가면 되겠냐고 말렸지만 소용이 없었다고 했다. 형님은 객지에서 돌아가시는 것보다 고향에서 돌아가시는 것이 낫다고 하여 어쩔 수 없이 어머니를 보내드렸다고 했다.

어머니는 고희古稀에 가까워지면서 시름시름 앓더니 망팔忘八 앞에서 수명을 다하셨다.

어머니의 상여가 나가던 날은 화창한 초여름 날씨였다. 하늘은 빗자루로 쓸어놓은 것처럼 구름 한 점 없었다. 어머니를 아버지 곁에 안장해 드렸다.

어머님 고생 많으셨습니다. 가지 많은 나무에 바람 잘 날 없다는 속담처럼 당신의 자녀 9남매를 키우고 출가까지 다 시키셨습니다. 마음이 아린 자식을 보고 '열 손가락 깨물어 안 아픈 손가락 없다.'라고 하셨지요. 그 말씀이 가슴에 깊이 새겨져 있습니다.

어머님, 저는 여태껏 부모님의 명예에 누를 끼치지 않는 아들이 되기 위해 최선을 다하며 살아왔습니다. 저의 남은 생애도 부모님 이름을 명예롭게 해드리며 자손들에게도 부끄럽지 않은 사람으로 살아가겠습니다.

어머님! 슬픔이 없고, 고통 없는 하늘나라에서 편히 쉬시기 바랍니다.

살아야 할 이유

학교 행정처에서 전화가 왔다. 등록 마감일이 지났는데도 아들이 등록하지 않아 휴학 처리를 생각하고 있다고 한다. 나는 그에게 삼 일만 여유를 달라고 사정했다. 수화기 너머에서 머뭇거리더니 약속은 꼭 지키라고 했다. 등록금은 은행에 내지 말고 학교로 가지고 오라고 일러주었다. 그 학기에 아들은 수업료만 면제 받았다. 국립대학이라 하지만 나머지 등록금이 백팔십만 원이 더 되었다.

평소 어머니같이 여기는 K 권사님께 전화를 걸어 내 사정을 말했다. 권사님은 여섯 사람이 모아 육십만 원은 해주겠다고 했다. 나머지 백여만 원을 어떻게 해야 할지 막막했다. 어찌할 바를 몰랐다. 다른 방도도 떠오르지 않았다.

답답한 마음으로 힘들 때마다 자주 찾아가는 금정산에 올라갔다. 높은 산 음지에는 하얀 눈이 녹지 않았다. 앉을 만한 자리를 찾던 중 마침 가로와 세로가 30센티 정도 되는 스티로폼이 작은 바위틈에 끼여 있는 걸 보았다. 그것을 꺼내 눈 녹은 바위에 놓고 깔고 앉았다.

아들의 등록금은 내 발등의 불이 되었다. 애타는 마음으로 내가 믿는 신께 기도했다. 한참을 기도하였지만 아무 말씀이 없으셨다. 찬바람이 귓전을 스치고 지나갈 때면 얼음 조각이 스치듯 얼얼했다. 높은 산에서는 날씨도 나를 가만 두지 않았다.

그럼에도 "주여, 나를 불쌍히 여기소서. 내 아들을 등록하게 해 주십시오." 하며 기도에 매달렸다. 어느새 '불쌍히 여기소서.'는 삼키고 내 귀에는 "추여, 추여." 하는 소리만 들렸다. 춥기도 했지만 '추여'를 반복하며 울부짖는 내 모습이 어미 잃은 송아지 같았다. 아들에게 비치는 내 모습은 세상에서 제일 못난 애비였을 것이다.

"하나님! 주 예수를 믿으면 너와 네 집이 구원을 받는다고 하셨지요? 하나님 제 사정 이렇게 딱합니다. 내가 죽어 영생하여 황금으로 만든 천국 집이 아무리 좋다 해도 지금 아들을 저렇게 두고 어찌 그런 집에 삽니까. 이 세상에서 아들 하나 뒷바라지 못 하는 주제에 천국 가서 잘사는 것은 이치에 맞지 않는 말입니다. 지금의 제 처지로는 하늘의 천국은 사치에 불과합니다." 이렇게 웅얼거리니 눈에서 피눈물이 나오는 듯했다.

다음날 출근할 것을 생각하니 집으로 내려가지 않을 수 없었다. 기도의 응답도 받지 못하고 산을 내려가는 내가 아무 쓸모도 없는 패잔병처럼 보였다.

도움을 요청할 사람이 없었다. 돈 얘기를 꺼낼 만한 마땅한 사람이 떠오르지 않았다. 집으로 가려고 버스를 탔다. 마침 그 차에 우리 교회 권사 한 분이 타고 있었다. 나를 보더니 "아들 등록했습니까?" 하고 물었다. "아직요." 하고 힘없이 대답했다. 그는 내 통장번호를 가르쳐 달라고 했다. 구세주를 만난 듯이 기뻤다. 오므라졌던 심장이 부풀어지는 느낌이 들었다. 집에 가서 통장번호를 알려드리겠다고 말씀드렸다.

다행히 등록을 마칠 수가 있었다. 등록을 도와준 그분들은 내게 잊을 수 없는 고마운 분들이다. 등록 마감일이 지나갔지만 그때까지 기다려 준 학교 직원도 고마웠다. 등록 절차를 마친 그는 애 많이 쓰고 수고하였다고 오히려 내게 위로의 말을 해주었다.

코끝이 찡했다. 그 직원의 환한 미소에 지금까지 불안했던 마음이 놓였다. 격려의 말을 듣고 어리둥절해 있는 나에게 그는 아들을 근로장학생으로 추천해 주겠다고 했다. 그 와중에도 귀가 솔깃해져서 대뜸 근로장학생이 뭐냐고 물었다. 학생이 수업 마친 후 교수가 사용한 칠판을 닦고 자리를 정돈하는 일이라고 했다. 그 말을 듣는 순간 눈물이 왈칵 쏟아질 것 같았다.

아내가 남기고 간 빚 갚으랴, 아들 공부 시키랴 한시도 긴장을 풀 수가 없던 때였다. 한숨은 돌렸지만 얼어붙은 내 형편은 좀처럼 풀릴 기미가 보이지 않았다. 아들과 웃으며 살 날도 까마득했다. 막막한 현실이지만 언제나 땀 흘리며 일했다. 정신을 놓으면 내가 어디론가 가버릴 것만 같아서 한순간도 긴장의 끈을 놓을 수가 없었다.

부채를 갚는 것도 내가 잘못하여 갚는 것이 아니었다. 아내는 마치 남에게 도움을 주기 위해 태어난 사람 같았다. 살아있을 때에는 남에게 한없는 선심을 베풀더니 죽고 난 후에는 그가 서준 보증 빚으로 내가 버는 돈은 금이 간 항아리에 물 새듯 빠져나갔다.

어처구니없는 일들이 펼쳐졌지만 아들은 내 삶의 희망이며 미래였다. 아들이 아니었다면 삶의 무게를 견디지 못하고 세상을 등졌을지도 모른다. 아들이 고아가 된다는 생각만으로 끔찍했다. 언젠가는 아들을 통해 제대로 된 인생을 살 수 있으리라는 믿음이 없었더라면, 이 시련을 견뎌내지 못했을 것이다.

오로지 내 삶을 붙잡아 주는 줄은 아들이다, 불쌍한 아들이 뿌리도 내리기 전에 내가 죽는다는 것은 있을 수 없는 일이었다. 내가 살아야 할 이유는 아들이었다.

3부

해 질 녘 노을

내 소년 시절의 희로애락이 고스란히 묻어 있는 초막골! 몰라보게 변해버린 고향의 풍경은 이제 추억 속에서 한 폭의 산수화가 되어 있다. 하얀 뭉게구름이 초저녁 노을을 머금고 초막골 산등선을 비스듬히 타고 넘어간다.

초막골

시사時祀를 드리기 위해 고향을 찾았다. 행사를 마친 후, 저 멀리 자리한 초막골 산을 바라보았다. 오십여 년 전과는 달리 숲이 우거져 검붉었던 산등성이는 아예 보이지 않았다. 그 우거진 숲속 어딘가 내가 다니던 길이 있고 청운의 약속을 새겨 놓은 바위가 있으리라. 초막골에 기운 마음은 더욱 설레었다.

내 고향은 자란섬紫蘭島과 작은 섬들이 올망졸망 떠 있는, 바닷가에서 조금 떨어진 간곡間谷 마을이다. 간곡이란 이름은 산과 산 사이의 동네여서 그리 불려진 듯하다. 간곡 마을은 비스듬히 비탈진 산자락에 열두 가호家戶의 초가草家만이 옹기종기 모여 있었다. 우리 집은 맨 위에 자리했지만 아쉽게도 앞산이 가려 바다는 보이지 않았다. 동네 사람들이 나무하러 갈 때 마을 끝집인 우리 집 앞 감나무 밑에 모여 함께 초막골로 갔다.

초막골은 국유지라서 마을 사람들이 마음 놓고 나무를 해 올 수 있었다. 수양리洙陽里와 용태리龍台里 3백여 호의 사람들도 그곳에 와서 땔나무를 했다. 우리 집도 다른 집처럼 논과 밭이 적은 탓에 나무하는 일이 생계에 큰 부분을 차지했다

나는 초등학교 5학년 때부터 나무하러 다녔다. 아버지는 나에게 맞는 지게를 하나 만들어 주고는 나무를 해 오도록 시켰다. 가난한 집 아들이 살림에 보탤 일은 몸으로 하는 노동뿐이다. 나무하는 것밖에 달리 도울 일이 없었다. 지게를 지고 아버지와 먼 산길을 걸어 초막골까지 올라가려면 산등성이 재를 넘어 한참 가야 했다. 초막골엔 여름에 산딸기와 머루가 지천으로 열렸다. 아버지가 해 온 덩치 큰 나무는 면소재지가 있는 임포장에 가서 팔았고 내가 한 나무는 집 옆 빈터에 쌓아두고 겨울 땔감으로 썼다. 마음속으로 내 나무도 돈이 되었으면 하는 바람이 있었다.

내가 태어난 그해는 흉년이 심했다. 제대로 끼니를 챙기지 못한 어머니에게는 젖이 나오지 않았다. 울며 보채는 나에게 어머니는 보리를 갈아 죽을 만들어 먹였다고 했다. 춘궁기春窮期 보릿고개 시절에는 모두가 연명하기가 힘들었다. 마을 어른

들은 아이들을 아침에 만나면 먼저 '밥 먹었느냐.'고 물었다. 그 당시 밥 먹었느냐는 말은, 일상의 안부가 아니라 간밤의 생존을 묻는 의사소통이었다. 질병과 가난이 일상사였으므로 아침에 만나면 밤새 서로가 무고하였는지 궁금하였던 것이다. 가족 중에 굶어 죽은 이가 없는지 안부를 물을 때 "밥 먹었느냐?" 만큼 절박한 말이 없었다.

더위가 기승을 부리는 말복쯤에는 큰 감나무에서 생감이 많이 떨어진다. 작은 항아리에 물을 조금 붓고 떫은 감을 담가 두었다가 며칠간 삭혀서 먹으면 먹을 만해진다. 어느 날 낯선 사람들이 와서 우리들 간식거리인 그 감나무를 베어 갔다. 어른들은 제기祭器를 만드는 사람들이 베어 갔다고 했는데 돈을 얼마나 받았는지 어린 우리에게는 이야기를 해 주지 않았다. 맨 먼저 가슴을 후려친 것은 나의 간식거리인 감나무가 사라져 버린 사실이었다. 부잣집 사람들은 보리밥에 쌀이 섞인 밥을 먹었지만, 가난한 집에서는 고구마가 섞인 보리밥이 아니면 고구마죽이 거의 주식이었다. 그래도 나무하는 일은 여전했다.

어른들과 어울려 나무를 하러 갈 때면 초막골 초입에서 잠시 쉬었다. 저 멀리는 수평선이 아름답게 펼쳐져 있었다. 드넓은 바다에 보이는 작은 섬들은 떠 있는 낙엽 같았다.

초등학교 졸업 후부터 가을과 겨울에도 초막골에 가서 나무를 해왔다. 가을 민둥산은 나무가 별로 없어 재를 하나 더 넘어

동산리에 있는 개인 소유의 산에 가서 나무를 해 와야 했다. 도둑질 나무였다. 산주인에게 들키면 나무뿐만 아니라 지게와 낫까지 빼앗겼다. 남의 나무를 훔친 죗값이었지만, 다시는 여기 와서 나무를 하지 않겠다고 애걸복걸 사정하면, 산주는 지게와 낫은 되돌려 주었다. 메마르지 않은 산골의 인심이었다.

아름다운 풍경의 초막골은 나무를 하다가 손가락을 여러 번 베인 곳이기도 하다. 바람이 부는 날에는 나뭇짐을 진 채로 비탈을 데굴데굴 구르기도 했다.

어느 가을 날, 친구와 나무를 한 짐씩 하여 언덕에 지게를 기대놓고 쉴 때다. 친구가 낫 끝으로 바위에 이름을 새기고 있었다. 나도 낫 끝으로 힘껏 바위를 쪼아 내 이름 석 자를 새겨 넣었다. 우리는 마주보고 웃으며 "객지에 나가 돈을 많이 벌어 고향에 돌아오면 이곳을 꼭 찾자."고 다짐하였다. 간곡마을은 지긋지긋한 가난의 장소이지만 초막골은 살림에 보탬을 준 감격스런 장소이면서 젊음의 꿈을 다지는 곳이기도 했다. 10여 년 동안이나 지게를 지고 땔나무하러 다녔으니 미운 정 고운 정이 함께한 곳이며, 바다를 볼 수 있는 아름다운 곳이기도 하다.

초막골 산길이 반세기가 지나면서 숲으로 묻혀 버렸다. 내 이름을 새긴 바위는 분명히 지금도 그곳에 있을 것이다. 거센 비바람과 눈보라에 맞아 지워졌을지도 모르지만, 바위는 분명 제자리에 있을 터이다. 그곳을 찾아서 청운의 꿈을 꾸며 새겨

놓은 내 유년기의 낙관이 오롯이 있는지 살펴보고 싶다. 그러나 숲이 우거져 나무하러 다니던 길이 없어졌으니 언제 그곳에 갈 수 있을지 모르겠다.

없어진 것이 어찌 그 길뿐이랴. 간곡마을의 초가지붕도 없어지고 내 지게도 사라졌다. 사람이 살지 않는 폐가가 생겼고, 집터만 남은 곳도 있다. 사람이 사는 집은 그나마 일곱 가옥뿐이다. 내가 다니던 초등학교도 아이들이 없어 폐교가 되었다.

내 소년 시절의 희로애락이 고스란히 묻어 있는 초막골! 몰라보게 변해버린 고향의 풍경은 이제 추억 속에서 한 폭의 산수화가 되어 있다. 하얀 뭉게구름이 초저녁 노을을 머금고 초막골 산등선을 비스듬히 타고 넘어간다.

낚싯바늘

문학 강의를 들을 기회가 있었다. 내가 그렇게도 원하던 글쓰기에 관한 강의다. 주제는 '좋은 수필 창작론'이다. 이 강의에 빠져드는 순간 머리에 번쩍하는 게 있었다. 바로 저거다 싶었다. 그만 그 낚싯바늘을 꿀꺽 삼키고 말았다.

나는 인의仁義와 절개節介를 존중하는 고장인 경남 고성에서 해방되기 한 해 전 소작농의 집 넷째 아들로 태어났다. 삼대독자인 아버지는 무남독녀였던 어머니를 만났다. 내 밑으로 내리 다섯의 동생을 더 낳은 것으로 보아 두 분은 어린 시절을 무척이나 외롭게 지내셨나 싶었다.

아홉 남매나 되는 가솔을 먹여 살려야 하는 아버지의 등짐은 무거울 수밖에 없었을 게다. 그래서인지 어릴 적 내 기억으로는 아버지는 늘 타지에 나가 돈을 벌거나 아니면 남의 집으로 삯일을 하러 나가셨다. 아버지가 계시지 않은 우리 집은 언제나 적막강산이었다. 어머니 또한 어린 우리들을 집에 두고 두렛일을 나가셨다. 그럴 때면 형은 내 밑의 동생을, 나는 그 밑의 동생을 업고 종일 심심하게 놀았다.

초등학교 육학년이 되었다. 사학년 때 월사금을 못낸 나를 집으로 내쫓던 그 선생님을 육학년 담임으로 다시 만났다. 그분이 나를 불렀다. "밀린 월사금을 내지 않으면 졸업장을 받을 수 없는데 어쩔래." 담임선생님이 한 말을 어머니에게 풀죽은 소리로 말했더니 어머니는 "묵꼬 죽을라고 해도 돈이 없어 못 죽는다. 그라모 졸업하지 마라."고 하셨다.

졸업 날, 식이 끝나고 선생님이 아이들의 이름을 부르며 단상으로 나오게 하여 졸업장을 주었다. 내 이름을 부를까 하고 초조하게 기다렸지만, 선생님은 끝내 내 이름을 부르지 않았다. 그리고는 선생님은 교실 문을 밀고 밖으로 나가버렸다. 졸업장을 받지 못한 나는 아이들이 나간 텅 빈 교실에 혼자 우두커니 서 있었다.

초등학교 졸업 이 년 후부터 남의 집 일을 하게 되었다. 친구들이 중학교 교복을 입고 읍내 학교에 다니는 것이 몹시 부러웠다. 그들에게 나는 이방인처럼 느껴졌다. 남의 집에 살다 보니 공부하는 것을 포기하고 지냈다. 장년이 되어서도 가난을 벗어나지 못했고, 하루 벌어 하루 사는 고달픈 삶이 이어졌다. 뾰족한 수가 없는 내 딱한 신세를 신에게 하소연도 해보았다.

내 가정에 또 한 번 가슴 아픈 일이 생겼다. 아내가 중환을 앓다가 그만 먼저 세상을 떠났다. 그때 외동아들은 중3이었다. 내 직업은 설비기사였는데, 24시간 교대근무를 하는 팍팍한 삶이었다. 어머니를 잃은 아들의 얼굴은 새까맣게 타들어 갔다. 하지만 나와 시간이 맞질 않아 아들은 언제나 아침밥을 굶어야 했다. 아들은 학교 수업을 마치면 독서실에서 공부하다가 밤 열두 시가 넘어야 집에 들어왔다. 아침밥을 해 먹이지 못하는 아비의 마음이 아파 글을 몇 자 적어 아들의 책상 위에 올려놓곤 했지만, 몇 날이 지나도 그대로 놓여 있었다.

그러던 어느 날 밤 열두 시가 지나 들어온 아들에게 아버지가 써 놓은 글을 읽어 봤느냐고 물었다. 공부에 지쳐 있던 아들의 말에 나는 놀랐다. “아버지, 한글부터 제대로 배우세요.” 했다. 흔들리고 있는 아들을 위로해 주려고 쓴 글이었는데, 가난하고 못난 아비가 싫었던 모양이다. 아들의 표정은 괴로움을 외면하려는 것처럼 태연해 보였지만, 그 얼굴에는 일상의 삶에 찌든 어둠이 가득 깔려 있었다. 가난은 죄가 아니라고 말들 하지만 그때의 내 가난은 분명 죄였다. 아들의 그런 모습을 보고 살아야 하는 나는 하늘을 보기가 부끄럽고 괴로웠다.

내 나이 예순여섯에 어느 문학세미나에 참석했다. 귀가 쫑긋해졌다. 연달아 몇 주 동안 강의를 들었다. 저분에게 글쓰기를 배워 감동적인 글을 써서 아들에게 보여주고 싶었다. 물질적으로는 아비 노릇을 제대로 못 했지만, 아비가 쓴 좋은 글을 통해 가난에서 찌든 마음의 상처를 아물게 해야겠다는 생각에서였다. 달콤한 강의에 그 낚싯바늘을 아주 마구 삼켜버렸다. 그 후로 그분의 강의는 여타 일을 버리고 다 들었다. 그런데 가는 곳마다 낚싯바늘을 삼킨 사람이 많았다.

가르치는 글맛이 좋아 만족스러웠지만 얼마 되지 않아 낭패가 다가왔다. 그곳에 모인 사람들은 체계적인 공부를 하였고 글깨나 쓰는 사람들이다. 그들과 맞짱을 뜨려니 내 실력은 골리앗 장수 앞에 선 소년 다윗이라고나 할까. 칠십을 눈앞에 둔 나의 마음은 초조했다. 강의 내용은 이해가 되는데 배움의 기초도 없는 내 두뇌는 촌로의 손바닥처럼 딱딱하게 굳어 있다. 배운 대로 글을 쓰려니 마음처럼 쉽지 않았다.

다른 사람의 글을 읽어 보면 흐름도 매끄럽고 향기도 난다. 그런데 내 글은 그렇지 못하고 자꾸 막힌다. 안타까운 마음만 늘어간다. 그러나 삼킨 바늘을 도로 뱉어낼 수도 없다. 열심히 책을 읽으며 글을 써보기를 반복하고 있다. 시간이 지나면서 차츰차츰 책 속의 작가와 대화를 나누고 있음을 느낀다. 지금까지 어깨를 짓누르던 무거운 짐을 앞뒤 가리지 않는 천둥벌거숭이처럼 훌훌 벗어 버리고 났더니, 내 자신의 가치관이 어느새 달라져 있다.

멋모르고 덥석 삼킨 낚싯바늘이다. 그 덕에 어둡고 긴 터널의 고행을 거쳐 밝고 환한 세상에 나의 자화상을 드러내 준다.

서리꽃

오늘도 줄을 섰다. 냉장고에 반찬이 떨어진 것을 깜빡했다. 허둥지둥 시장에 가니 오후 5시경이다. 그 시간인데도 반찬가게 앞에는 아주머니들이 길게 줄을 서 있다. 강산이 두 번이나 변할 때까지 반찬을 시장에서 사 먹었으니 이제는 반찬 사는 데도 이력과 요령이 늘었다.

시내에서 일을 보고 돌아올 때는 꼭 새로운 재래시장을 찾는다. 그 시장에 특이한 반찬이 무엇이 있고, 맛은 어떤지 궁금하기 때문이다. 그날은 연산동에 있는 연제시장을 둘러보고 있었다. 오후 4시쯤이다. 시장 모퉁이를 돌아서자 내 눈이 휘둥그레졌다. 반찬가게 앞에 사람들이 북적대고 줄을 서 있다. 머리에 번쩍, 빛이 스쳤다. 이 가게 반찬은 맛이 있을 것이라는 확신이 들었다. 손님들이 많은 식당에 가보면 그 집은 기대 이상의 맛이 있듯이.

나도 줄 꽁무니에 섰다. 얼마 지나지 않아 내 뒤에도 사람들이 줄을 이었다. 내 차례가 되었다. 배추김치와 열무김치를 샀다. 집에 와서 먹어보니 내 입에 딱 맞았다. 이후 김치 종류 반찬을 살 때마다 그 가게로 갔다. 그 반찬가게는 서너 시가 넘으면 사람들이 몰려와 줄을 서 있다.

대부분 오후 한 시에서 두 시 사이에 그 가게로 간다. 그 시간을 택하는 이유는 아주머니들의 곁눈질을 피하기 위함이다. 그때는 사람들이 드문드문 온다. 서너 번 가면서부터는 주인아주머니가 나를 알은체를 했다. 그 후 몇 번을 더 가던 어느 날이다. 아주머니가 굳은 표정으로 반찬을 비닐봉지에 넣어주며 아내가 아프냐고 물었다. 대답을 하지 않으려고 했지만 나도 모르게 "예."라고 대답을 했다. 그 질문은 나의 가슴을 아프게 만들었다. 반찬이 내 입에 맞지만 계속 이 가게를 다녀야 하는지를 고민하게 되었다.

십오륙 년 전의 기억이 주마등처럼 지나간다. 마음에 하얗게 맺힌, 어찌 보면 자잘한 서리꽃이다. 나를 괴롭히는 것은 펼치지 못한 꿈이 아니었다. 날마다 밥걱정을 하며 살아가는 나의 삶이었다. 가족이라고는 자식 하나인데 끼니를 굶고 학교에 다녀야 할 형편이니 내 어깨가 축 처지다 못해 무너졌다. 내 희망의 중심은 오직 아들이었다 해도 과언이 아니다. 그런데 그 아들이 아침밥을 못 먹고 학교에 가니 아비의 마음이 어찌 찢어지지 않으랴.

어느 주일날 예배를 마치고 교회식당에서 점심을 먹고 막 나오는데 J 장로가 내 소맷자락을 잡았다. 그의 옆에서 연로한 K 집사가 나를 바라보고 있었다. J 장로는 K 집사 집에 놀러가기로 했는데 나에게 같이 가자고 했다. 집에 가 보았자 별 할 일도 없는데 마침 잘되었다 싶었다.

현관문을 열고 먼저 들어간 K 집사는 응접실로 우리들을 안내하였다. 장로는 소파에 풀썩 주저앉으며 나도 앉으라고 눈짓을 한다. 으리으리한 고급 소파를 보자 정신이 멍멍하여 엉거주춤 서 있었다. 들고 온 찻잔을 탁자에 내려놓은 집사는 내 손을 잡아당겨 소파에 앉혔다. 내 평생 그렇게 고급스런 소파에 앉아 보기는 처음이었다.

장로는 K 집사에게 "이 집사도 아내를 잃었습니다." 했다. 그 말이 떨어지자 K 집사는 "아내가 돌아가신 지는 얼마나 됐습니까?"라고 물었고, 나는 12년이 되었다고 대답했다. 집사는 포크를 쟁반 위에 놓고는 벌떡 일어서서 허리를 구부리고 정중한 자세로 "아이고 선배님." 하신다. 영문을 몰랐던 나는 당황

하여 자리에서 일어나 왜 이러냐고 반문했다. 장로는 K 집사도 아내를 4년 전에 잃었다고 한다. 그때야 그분이 날 맞는 몸짓의 의미를 알게 되었다.

그 집사는 나보다 나이로는 십삼 년을 더 사신 분이다. 직장에 다닐 때는 유명세를 타고 잘나가던 사람이었다. 그런 그도 아내의 사별로 인해 눈물을 보였다. 나를 보는 눈빛이 뿌옇게 흐려져 있었다. 어떻게 그토록 힘들게 오래 살아 왔냐는 듯이 바라보았다.

손등으로 눈물을 닦으며 딸 둘이 교대로 찾아와 반찬도 해주고 청소도 해 준단다. 그러나 흡족해 하는 눈치가 아니었다. 아내의 내조와 가사를 돕는 도우미가 있었기에 집에 오면 언제나 여유로운 삶을 즐겼던 사람이다. 그런 그에게 딸들의 뒷바라지는 아내에게 견줄 수가 없었나 보다. 딸들이 아무리 잘해 준다고 해도 할멈만 못하다고 투덜대는 것도 이해가 되었다.

오랫동안의 외로움과 고난으로 인해 지쳐 있던 나에게는 언감생심 엄두도 못 낼 일들인데 이분이 복에 겨운 말을 하는구나 싶었다. 모자람 없이 도와주는 그 딸들이 나는 한없이 부러웠다.

'선배'라고 하는 말은 듣기 좋은 언어다. 지위, 나이, 덕행, 경험 등 자기보다 앞서거나 높은 사람을 일컫는 말이다. 나는 그분보다 먼저 홀아비가 되었기 때문에 선배라는 호칭을 들었다.

어쩌다 팔자가 사나워 내 나이보다 열세 살이나 많은 분께 그런 대접을 받았지만 기분은 영 개운치가 않다. 내가 감내하며 좋은 뜻으로 생각해야겠다. 먼저 떠난 아내만 자꾸 생각난다.

좋은 말이라고 다 좋은 뜻은 아니다. K 집사의 말은 내가 그 힘든 시간을 어떻게 버텨 냈는지에 대한 존경심의 표현일는지 모르겠지만 그분의 '선배'라는 말이 내 가슴에 외로운 서리꽃으로 피었다.

초짜 할배

반가운 소식이 왔다. 며느리가 손주를 잉태하였단다. 그 말을 듣는 순간 새 생명을 드디어 맞이한다는 생각에 가슴이 뭉클했다. 그때가 내 나이 예순일곱이었다. 친구들 손자는 대부분 중학생이다. 내가 결혼한 지 십 년이 지나 아들을 얻었으니 자연히 손주가 늦을 수밖에 없다.

자꾸 며느리의 배만 바라보던 십 개월이 왜 그리도 더딘지. 손가락으로 달수만 헤아렸다.

드디어 손녀가 태어났다. 할아버지가 된 나는 며느리가 입원한 병원으로 달려갔다. 강보에 싸인 손녀가 며느리의 품에 안겨 세상 모르고 잔다. "너의 탄생을 축하한다!" 기쁨에 못 이겨 춤이라도 추고 싶었지만 아들과 며느리가 옆에 있어 그러질 못했다. 얼마나 오랫동안 기다렸던 일인가. 나도 드디어 학수고대하던 할아버지의 반열에 당당히 오른 것이다.

아들과 며느리의 합작으로 손녀를 낳았는데 내가 덩달아 당당해진다. 늦게 얻은 아들로 인하여 손녀가 늦었으니 그 목 타는 기다림은 아무도 모를 것이다.

며칠이 지나 며느리가 산후조리하고 있는 병원에 갔다. 가만히 손녀를 들여다보았다. 손가락과 발가락이 꼼지락거린다. 손녀의 얼굴에 더 가까이 다가가 듣는, 새근새근 새어 나오는 숨소리가 경이롭다. 방금 하늘에서 내려온 아기천사의 모습이 이러한가. 아기가 보스락 잠에서 깨어 사방을 두리번거리더니 입가에 미소를 띤다. 할아버지를 환영하는 듯했다.

아들과 며느리가 내게 손녀의 이름을 지어 달라고 부탁했다. 그 말에 순간 초짜 할아버지는 더욱 우쭐해졌다. 가슴 가득 쏟아지는 기쁨에 양 어깨가 으쓱 올라갔다. 눈을 지그시 감고 여러 개의 이름을 곰곰이 되뇌어보았다. 그중의 한 이름이 번개처럼 내 머리에 꽂혔다. '지은智恩' '하나님의 은혜로 이 세상을 지혜롭게 살아라!'는 뜻으로 지은이라고 짓기로 마음먹었다. 내가 이름에 대한 설명을 덧붙여 "이 세상을 지혜롭게 사는 것이 제일이다."라고 말했더니 아들과 며느리도 좋다고 고개를 끄덕였다.

녀석이 태어난 지 어느덧 10개월이다. 어린 손녀의 옹알이를 들으며 속으로 "너는 좋은 부모를 만났다."며 주체할 수 없는 기쁨에 나도 모르게 자꾸 주절거린다. 부모의 혜택으로 공부도 만족할 만큼 할 것이다. 전문인이 되려면 부단한 노력 없이 안 된다. 위인은 태어나는 것이 아니고 만들어진다고 했다. 열심히 공부하는 이에게는 장사도 못 당한다더라. 그러다 보면 행복을 누릴 것은 분명해진다.

지은아, 세상에서 제일 싫어하는 것이 우쭐대거나 교만한 사람이다. 너는 이름처럼 지혜롭게 행동하여라. 아직 첫돌도 안 지난 아이가 무엇을 알 거라고, 어린애가 알아듣지도 못하는 말을 건네며 자꾸 초짜 할아버지 티를 낸다.

요즈음 지은이를 일주일에 한 번씩 교회에서 만난다. 태어난 지 1년여 동안은 나를 알아보지 못해 내 곁에 잘 오지 않았다. 두 돌이 되었을 때부터 지은이가 나를 알아보고 쫓아온다. "지은아, 할아버지다." 하면 지은이는 "하부지, 하부지." 하며 내 품에 안기며 뽀뽀를 해준다. 그리고 가녀린 녀석의 손이 내 손을 꼭 잡으며 같이 걷자고 팔을 당긴다. 손녀와 손을 잡고 걷는 이 기분은 초짜 할배가 된 사람만이 알 것이다. 손자가 없어 아쉬웠던 이전의 마음들이 한순간에 녹아 내린다.

몇 년 전이다. 친구가 "너, 지금까지 뭐 했노! 손자도 하나 없이.” 하고 말할 때 나는 입이 열 개라도 할 말이 없었다. 그는 농담으로 말했지만, 내 마음속으로는 더없이 서운했다. 이제는 할아버지가 되었으니 그들과 함께 놀아도 된단다. 예나 지금이나 그의 농담은 내 마음을 한없이 가라앉게 만들었다. 자기 마음대로 되는 것이 없겠지만 자식 농사도 마음대로 안 되었다.

매주 일요일이면 지은이가 기다려진다. 지은이도 예배가 끝나면 나를 찾아다닌다. 멀리서 할아버지를 보고 뛰어오는 손녀를 보면 금방 기쁨이 아지랑이 피어오르듯 한다. 지은이는 나를 볼 때마다 두 팔을 높이 들고 안아달라고 보챈다. 그런 지은이를 번쩍 들어 안으면 여리고 가는 두 팔이 내 목을 감는다. 내가 지은이의 등을 손바닥으로 도닥도닥 두드리면 지은이도 내 등을 두드린다. 순간 콧등이 찡해지며 눈물이 울컥 나오려고 한다.

요즘 초짜 할아버지는 손녀의 재롱에 넋이 나가 있다.

> 지은아,
>
> 지난 봄에 할아버지가 너의 가족과 함께 할머니 산소에 다녀오는 길이었다. 그때 네 아빠가 내게 글쓰기 공부를 얼마나 했느냐고 물었다. 일주일에 두 시간씩 지금 5년째 공부한다고 했다. 네 아빠가 ‘만 시간의 법칙’이 있다고 했다. ‘만 시간의 법칙이란 하루에 3시간씩 연습한다고 가정했을 때, 10년이라는 엄청난 시간을 투자해야 그 분야에서 성과를 거둔다.’는 말콤 그래드웰의 저서 《아웃라이어》에 나오는 말을 했

다. “아버지는 일주일에 두 시간 외에 더 많은 시간을 글쓰기 공부에 투자했으니….” 하며 말끝을 흐리더라.

네가 글을 읽을 때쯤이면 할아버지가 쓴 글을 읽다가 할아버지의 인생여정을 엿볼 수 있겠구나. 정년퇴임한 후 일없이 지낼 때다. 하루하루가 무료하여 삶의 활력소를 찾다가 독서와 글쓰기를 시작하였단다. 어려운 공부를 왜 하느냐고 말리는 사람도 있었지만, 배움에 목마른 나에게는 딱 맞는 일이었다. 글쓰기가 쉬운 일은 아니지만, 직장에 다닐 때처럼 쉼 없이 일하듯이 책을 읽고 글을 쓴다.

이런 말을 주절대는 나는 진짜 초짜 할아버지가 맞나 보다.

차밭골 산책길

금강공원에 자주 간다. 산책로를 따라 걷는다. 오래 살려면 많이 걸으라는 말이 있다. 나는 오래 살기보다 사는 동안 건강하게 살고 싶어 이곳을 걷는다. 숲속을 산책하는 동안은 오롯이 나만의 시간이다.

산책로 양쪽에는 야생화 잎에 묻은 이슬이 보석처럼 반짝인다. 계절에 관계없이 이 산책로에는 사람들이 많이 다닌다. '이주홍 문학의 길'에 들어서면 이주홍 선생의 시비詩碑가 있고, 〈해같이 달같이만〉의 시가 큰 바위에 새겨져 있다. 지난번에도 읽었지만 오늘도 걸음을 멈추고 다시 읽는다.

그 길을 따라 조금만 가면 체육시설이 있다. 산책 나온 사람들은 운동기구마다 매달려 봐야 직성이 풀리는 모양이다. 그 옆에는 파고라 두 채가 있다. 누가 갖다 놓았는지 바둑판과 장기판도 있다. 산책을 하는 사람들이 모여 바둑을 둔다. 바둑 두는 사람이나 구경하는 사람들의 모습이 신선놀음에 도낏자루 썩는 줄 모른다는 '선유후부가설화仙遊朽斧柯說話' 속의 주인공처럼 보인다.

케이블카 탑승장을 끼고 돌아 우거진 숲 사이 산책로를 오르면 연못이 있다. 기지개를 크게 하고 숨을 들이쉬면 가슴이 후련해진다. 잠시 쉬어 가게 마련해 둔 긴 의자에 앉으면 잉어 떼가 헤엄을 치며 반겨준다. 연못 주변의 숲은 춘하추동의 계절마다 빛깔이 다르다. 오늘은 유달리 짙어가는 신록의 상쾌한 향기가 가슴을 적신다.

온갖 생물을 창조하신 창조주의 솜씨가 눈부시게 아름답다. 연못가의 나무는 잎을 틔우고 꽃을 피우며, 신록이 짙다가 때가 되면 모든 것을 떠나보낸다. 나무는 무성한 잎을 버릴 줄 안다. 한겨울에 회초리 같은 칼바람에 벌거벗은 몸으로 맞설 것이다. 저들이 떨어뜨린 낙엽 한 잎이라도 무가치한 것이 있을까. 초목도 생존의 길에서 흔적으로 새기고 역사를 남긴다. 사람도 반드시 겪는 태어나고, 늙고, 병들고, 죽는 과정이 나무들과 다름이 없다는 것을 비로소 깨닫는다.

잘 가꾸어진 산책로를 따라 내려오면 독진대아문獨鄭陳大衙門 터라 명명된 비석이 있다. 정면 3칸 측면 1칸의 홑처마 지붕의 건물은 유형문화재 제5호로 지정된 독진대아문은 부산광역시 동래구 수안동에 있었다. 일제강점기(1930년경) 시가지를 정리한다는 명분으로 금강공원 내 숲속 이곳에 옮겨졌다가, 2014년 8월 원래 자리 주변으로 이전했다. 독진대아문은 1636년(인조14) 동래부사 정양필이 세웠다고 한다.

근처에는 임진동래의총任辰東萊義塚도 있다. 임진동래의총은 부산시 지정기념물 제13호로 임진왜란 당시 일본군의 침공에 맞서 싸운 송상현 장군과 함께 순절한 군관민의 유해를 거두어 모신 무덤이다. 이곳에는 이름이 밝혀지지 않은 많은 비석이 있다. 나라를 위해 기꺼이 목숨을 던진 의로운 선조들의 무덤이라는 데에 생각이 머무니 저절로 옷깃을 여미게 된다. 이렇게라도 나라를 지키다 목숨을 잃은 선조들을 양지바른 금정산 자락에 모신 것이 다행이라 여긴다. 후손들이 이곳을 찾아본다면 선조들의 얼을 거울 삼아 애국심을 갖게 되겠다는 생각이 든다.

금정산 자락에 금어사金魚寺가 있다. 금어사에는 동래 차밭골의 역사와 유래가 적힌 비석碑石이 있다. 이 일대는 옛날부터 야생 차나무가 많이 자생하여 일명 차밭골이라 불렸다. 주위가 개발되면서 차나무는 차츰 자취가 사라졌다. 이를 안타깝게 여긴 금어사 월광스님은 옛 차밭골 역사를 되새기는 취지에서 사찰 안팎에 차나무를 심고 가꾸며 해마다 다례제茶禮祭를 지낸다.

절 초입에는 불일증휘금어사佛日增輝金魚寺 호국안민금정산護國安民金井山의 두 돌비석이 우뚝 서 금어사를 찾는 손님을 맞는다. 금어사에는 소나무와 능소화나무가 나란히 공생공영 화합을 이루고 있다. 금어사의 본디 이름은 '말바우 절'이다. 말바우골의 한자 말 마암馬巖이라고 하는 부락에 있었으므로 그렇게 불린 것 같다. 말바우 절에서 금어사라는 사찰로 이름이 바뀐 것은 일백 년 정도 되었다고 스님이 말해 주었다.

이 마을 차밭골에는 작설차 나무와 산지 농부의 전설이 있다. 마을 사람들이 땔나무를 구하지 못하여 차밭골에 있는 작설차 나무를 베어 땔감으로 쓰기로 했다고 한다. 작설차 나무를 아끼는 산지 노인은 자기 집 행랑채를 헐어 땔나무로 줄 테니 작설차 나무를 베지 말라고 호소했다. 그래서 행랑채는 없어지고 작설나무는 온전하였다 한다.

그 일이 있은 몇 년 후 낯선 총각이 찾아와 새경은 필요 없으니 자기를 머슴으로 거두어 달라고 부탁했다. 마침 그때 마을에서는 유행병으로 민심은 흉흉하고 사람이 많이 죽었다. 일손이 귀하던 때라 산지는 그를 머슴으로 삼았다. 머슴은 주인에게 작설차 나뭇잎을 끓여 병든 사람에게 주어 마시게 하라고 일러주었다. 그러자 작설차 물을 마신 사람은 다 나았다.

이때에 머슴은 산지 노인에게 엎드려 큰절을 하며 "제가 바로 작설차 나무입니다. 나의 목숨을 구해준 은혜를 갚기 위해 이때를 기다리고 있다가 찾아왔습니다."라고 말한 후 홀연히 사라졌다고 한다.

신선한 공기를 마시고 길목을 따라 걸으면 몸과 마음이 가뿐하다. 금강공원 산책길은 누구든 걸을 만한 길이다. 아름다운 고찰古刹을 둘러볼 수 있어 좋고, 신록이 짙은 여름에는 시원해서 좋고, 겨울에는 양지바른 곳이라 그리 춥지 않아서 좋다.

꽃과 나무를 구경하고 안개와 노을을 마시면 고단했던 시름은 시원하게 잊어버린다. 몸에 좋은 작설차나무가 있고 감미로운 약수가 있어서인지 공원길을 산책하면 마음이 푸른 숲처럼 활기가 넘친다.

1박 2일

아들은 군의관으로 군 생활을 했다. 전방에서 2년간 근무하고 나머지 1년은 후방인 부산에서 근무하게 되었다고 한다. 아들의 전화를 받고, 먼 길을 혼자 차를 몰고 오는 것이 고생스러울 것 같아 내가 아들 관사로 올라가 교대로 운전해 내려오기로 했다.

아들이 살고 있는 군인 아파트에 갔다. 우선 짐을 옮겨야 했다. 무거운 책은 우체국에서 소포로 보냈다. 아들은 내게 어디를 가보고 싶으냐고 물었다. 새 임지로 복귀하는 날이 2주 이상 여유가 있다고 한다.

그러면 '양화진'부터 가자고 했다. 선교사들의 무덤과 묘비가 있는 곳인데 한 번도 가보지 못했다고 말했다. 내비게이션에 양화진을 찾아 입력하였다. 파주를 지나고 보니 점심시간이다. 임진강 식당에서 장어구이 정식을 먹고 강둑을 따라 가니 일산이다. 한참을 달려 양화진에 도착했다. 선교사와 그 가족을 포함하여 417기의 묘와 묘비가 있었다. 선진국의 선교사들은 젊은 몸으로 황무한 조선 땅에 예수 복음을 전하다가 풍토병에 시달려 이 땅에 몸을 묻었다. 잠시 묵념했다. 오늘날 한국 기독교가 부흥한 것도 이분들의 희생이 있었기 때문이지 싶었다.

다음에는 군 생활할 때 다니던 가평에 있는 군인교회에 가보고 싶었다. 서울의 서쪽에서 동북쪽으로 차는 한참을 달렸다. 마석고개에 터널이 생겨 이제는 고개를 넘지 않아도 되었다. 마석고개는 내가 잊을 수 없는 곳 중 한 곳이다. 일등병 시절에 의정부 동두천으로 CPX로 훈련을 나갔다가 마치고 돌아오는 길에 이 고개에서 운전이 서툴러 죽을 뻔했다. 그때 정신을 잃고 며칠 동안 멍한 상태로 지낸 적이 있다.

차는 1군단사령부 상색 운전 교육대가 있는 곳에 멈췄다. 50여 년 전 기합 받아가며 11주간 운전교육을 받은 곳이다. 자다가 일어나 위병소 앞에서 보초 교대를 할 때 동작이 느리다고 고참병이 우리들에게 '빠따'를 쳤다. 기합이 세다는 운전교육대는 없어지고 빈터만 남았다. 회억 속에서 위병소와 식당이 떠오른다.

다시 십여 분을 가니 가평이다. 속칭 밤나무골인 이곳은 '읍내리'라 불렀다. 많이 변했다. 통신대대는 어느 곳으로 가고 다른 부대가 주둔해 있다. 부대 안으로 들어가려고 하니 초소병이 막았다. 아들이 장교 신분증을 내보이며 이곳에 온 이유를 말했다. 장교인 아들 덕분에 일반인은 들어가지 못하는 부대 안으로 들어갔다. 군인교회는 부대 안에 있던 자리에 옛날 그대로다. 내가 다닐 때는 '군인교회'였는데 '햇불교회'로 이름이 바뀌었다. 나는 이곳에서 세례를 받았다. 그러기에 이곳은 더욱 잊을 수가 없다.

차는 양평으로 향했다. 양평은 내가 2년여 동안 ㅇㅇ사단 통신대 인근에서 파견 생활을 했던 곳이다. 통신장비를 실은 단말기 차 안에서 통신병 4명과 발전기병 1명, 운전병 1명 이렇게 6명이 합숙했다. 그때 나는 운전병이었다. 통신병들은 고품질 통화 상태를 유지하기 위해 수시로 각 채널을 열어 통신의 감도를 측정한다. 점검하기 위해 채널을 열면 어쩌다 전방의 장교가 아내와 통화하는 것을 들을 때도 있었다.

그것을 도청이라고는 하지만 무선 상태가 불량하면 사이클을 조정하여 깨끗한 음질을 만들기 위해 통신병은 수시로 모든 채널을 열어 점검해야 한다. 통화 중에 아내가 하는 말이 "돈만 벌어주면 남편인 줄 아세요?" 하는 음성이 들릴 때는 수화기를 손으로 막고 배꼽을 잡고 웃었다.

어느 날 새벽에 비상이 걸렸다. 완전 군장하고 연병장에 신속하게 집합하라는 명령이다. 군장을 하고 허둥지둥 나가는데 선임자가 자기 것 안 가지고 나왔다는 이유로 군홧발로 앞 장기를 사정없이 찼다. 아파서 간신히 대열에 섰다. 그 일이 있고 나서 나는 휴가를 나갔다. 어머니가 내 무릎 아래 멍든 것을 보시고 "그게 뭐꼬." 하셨다. 그때 옆에는 형들도 있었다. 빙그레 웃으며 선임자에게 조인트 까졌다고 했다. 어머니는 "조인트는 뭐꼬." 하신다. 형이 내 대신 어머니에게 설명을 해 주었다.

그때 어머니의 마음이 많이 아프셨나 보다. 내가 복귀한 후에 소주를 한 병 사들고 이웃에 육군대령을 둔 부모를 찾아갔다. 대령의 어머니는 반색을 하며 그냥 와도 되는데 뭘 이런 것을 사 가지고 왔냐고 하였다. 어머니는 찾아온 이유를 조용히 말했다. 대령의 어머니는 장문의 편지를 써서 그 아들에게 보냈다. 아들인 대령은 마침 1군사령부 감찰 참모장으로 재직하고 있었다. 편지를 받은 그는 길게 선 안테나가 있는 차를 타고 나를 찾아왔다. 대령은 나의 손을 잡고 고향에 계신 어머니의 이야기를 해 주었다.

그는 내가 배속 받은 부대의 부대장이 머무는 곳으로 갔다. 나를 찾아온 대령이 다녀간 며칠 후 나는 양평으로 파견을 떠났다. 파견근무는 아무나 하는 게 아니다. 차를 하루에 한 번씩

시동을 걸어 놓고 차를 닦는다. 그 시간 동안 배터리는 충전된다. 그게 나의 일과다. 파견 생활은 편했다. 파견대장은 중사였는데 그 사람은 자대에서 군 생활보다 파견대 생활을 많이 한 사람이었다. 별일이 없다 보니 나는 파견대장의 잔심부름하는 날이 많았다. 어느 날, 포천에서 사모가 아이들을 데리고 왔다. 그날은 공휴일이라 사복을 입고 사택에서 아이들과 놀았다. 군인이지만 군인 같지 않고 민간인 같았다.

파견대 옆에는 뽕밭이 많았다. 아주머니들의 박수 소리가 듣고 싶으면 나는 뽕밭으로 가서 하모니카로 〈진주라 천리길〉을 연주했다. 아주머니들은 뽕잎 따는 것을 잠시 멈추고 다들 손뼉을 쳐주었다. 응원에 힘입어 〈고향 생각〉, 〈고향의 봄〉을 구성지게 연주했다.

어느 날이다. 상급부대 장거리통신단 유선통신을 관리하는 선임 통신병이 왔다. 우리 쪽은 유선과 무선을 같이 취급하다 보니 가깝게 지냈다. 그가 예행연습 차 나가자고 했다. 단말기 통신병들은 유사시를 대비하여 자리를 지키게 하고, 발전기병과 나는 그를 따라갔다. 양계장이 많은 곳을 한 바퀴 돌아 부대로 들어왔다. 오늘 밤에 행동 개시한다는 것이다. 밤에 무슨 행동을 개시한다는 말인지 몰랐다.

저녁에 그가 단도短刀를 하나 가지고 자기를 따르라고 했다. 상급자의 명령에 복종하는 것이 몸에 밴지라 우리는 따라갔다.

양계장에 가서 “조용히! 닭서리”라고 말한다. 그는 단두로 흙벽돌 두 개를 찍어 내더니 닭을 잡아내기 시작했다. 따라간 우리에게는 한 마리씩 맡기고 그는 두 마리를 움켜쥐고 돌아왔다. 닭 네 마리를 자루에 넣어 차량 밑에 숨겨두고 잠들었다.

갑자기 “잡았다!” 하는 큰 소리가 났다. 벌떡 일어나 보니 아주머니가 닭털 하나를 가지고 외치는 소리였다. 군 헌병대에 고발한다고 야단을 쳤다. 닭을 돌려주려고 하니 죽은 닭은 가지고 가지 않겠단다. 그때 파견대장이 왔다. 한 마리당 얼마씩 닭값을 변상하기로 합의한 후, 그들은 돌아갔다. 닭값은 잡아온 사람만이 배상할 게 아니고 대원 전체가 배상하라는 파견대장의 명령이 떨어졌다. 그렇게 분배했지만 나의 봉급으로는 감당하기 어려웠다. 다들 집에서 도움을 받아야 했다. 나는 닭값 때문에 파견대장이 특별휴가를 보내주었다. 어머니에게 닭 때문에 왔다고 이야기를 했다. 비싼 닭으로 몸보신 잘했구나 하며 3만 원을 주셨다.

지난 시절을 회상하며 양화진, 가평, 양평을 둘러보는 사이 어느덧 밤이 되었다. 충주로 내려가 호텔에서 하룻밤을 지냈다. 침대는 다르지만 큰방에서 아들과 함께 누웠다. 내 평생에 이렇게 호화로운 침대에 누워보기는 처음이다. 침대가 포근했다. 아들 덕분에 호텔에서 잠을 잘 수 있다는 것이 행복했지만 잠은 쉽게 들지 않았다. 십 년 전만 해도 오늘과 같은 날이 있을 줄 몰랐다.

다음 날 충주 호수에 나갔다. 황포돛배가 여러 척 정박하고 있었다. 황포돛배는 선체중앙에 황토색 돛을 높이 단 목선이다. 날씨가 추워 관광객이 없는 탓에 배는 선착장에 매여 있었다.

이틀 동안 군대시절의 추억이 서린 곳을 돌아보았다. 아들과 같이 차를 타고, 밥을 먹고, 잠을 같이 잤다. 미리 계획을 세우고 준비하지는 않았다. 그렇지만 다시없을 아들과의 여행이었다. 아들과 함께한 이 추억 또한 길이 남을 것이다. 이럴 때 아내가 함께하였더라면 얼마나 좋았을까.

해 질 녘 노을

오래전의 기억이다. 김해벌에 내리비친 아름다운 노을을 잊을 수가 없다. 왜 하나님이 아름다운 노을을 그때 보여 주었을까 하는 생각이 든다. 해 넘어갈 때의 석양, 요즈음 그 아름다운 노을이 생각난다.

오늘도 이른 아침에 연산동에서 신평행 전철을 탄다. 이른 새벽인데도 전동차 안은 사람이 많아 앉을 자리가 없다. 그러나 경로석에는 빈자리가 더러 있다. 나는 거기에 가 앉는다.

지하철 속에서 부족한 잠을 보충한다. 한 시간 정도는 눈을 붙일 수 있다. 이렇게 일찍 출근하는 것은 의사들의 회진 시간에 맞춰야 하기 때문이다. 병원장은 나를 그 시간에 꼭 동행하도록 했다. 환자들이 사용하는 시설물에 관한 불편 사항을 듣고, 그 불편한 점들을 처리해 주는 것이다. 금정구 서동에서 직장이 있는 하단까지는 한 시간 이상이 걸린다. 그러다 보니 아침 출근은 늘 바쁘다.

아들이 고등학교 2학년이던 초봄, 어느 토요일이었다. 쉬는 날이라 금정산에 올랐다. 정신적 고통을 잊기 위해서다. 제일 높은 바위 위에 우뚝 섰다. 서러움이 북받쳐 있는 내게 차가운 바람까지 세차게 불어왔다. 눈앞이 뿌옜다. 세상이 보기 싫어 눈을 감았다.

그때다. 아들이 내 앞에 서서 "아빠가 없으면 나는 어떻게 살아요?" 하며 눈물을 글썽인다. 비몽사몽이었을까. 아들을 두고 차마 다른 생각을 할 수가 없었다. 내가 산 꼭대기에 올라온 목적이 달라졌다. 의지하고 기댈 언덕은 하나님밖에 없었다. 마음속에 담아두었던 말을 하나님께 말했다. 내 애절한 기도는 "아들을 긍휼히 여겨주세요."였다. 사람들은 내 마음을 몰라도 그분은 내 마음을 아실 줄 알고 있다.

나는 어릴 때부터 예수를 믿었다. 비록 내 믿음은 겨자씨보다 더 작았지만. 남에게 나쁜 짓은 하지 않았다. 그런데도 나는 지금 고립무원孤立無援이다. 그분은 끝내 아무 말이 없으셨다. 《성경》에 연단이나 시련이라는 글이 있지만 그것은 《성경》

속의 위인들에게나 있는 일이다 싶었다. 보잘것없는 나는 그런 사람들과는 다르다고 여겼다. 그러나 고통의 임계점에 다다르다보니 견딜 수 없어서 도망쳐 이곳까지 올라온 것이다.

시간이 얼마나 지났을까. 무심히 손바닥으로 눈물을 닦고 앞을 바라볼 때다. 하늘과 땅은 온통 분홍색으로 덧칠되어 있었다. 그림에서나 본 아름다운 노을이 눈에 가득 들어찼다. 저녁노을 구경에 정신이 빠졌다. 순간 태산 같은 걱정이 사라졌다. 집으로 내려가기가 싫었다. 이대로 하늘나라로 갔으면 좋겠다는 생각이 들었다.

한참이 지난 후에야 정신이 들었다. 학교에서 아들이 돌아올 시간이다. 토요일은 아들이 좀 일찍 집에 온다. 어둠이 깔리기 시작한 산길을 더듬거리며 서둘러 집에 갔다. 아들은 그때까지 집에 오지 않았다. 끼니를 굶어가며 책과 씨름하는 아들을 생각하니 가슴이 아팠다. 나는 곁눈질 한번 하지 않고 앞만 바라보고 열심히 살았다. 그러나 앞길에 좋은 결과가 보이지 않았다.

그날도 당리역에서 내려 지하도를 따라 직장으로 가는 길이었다. 어둠침침한 지하통로에서 어떤 남자가 쪼그리고 앉아 하모니카로 노래를 연주하고 있었다. "뜸북뜸북 뜸북새 논에서 울고 뻐꾹뻐꾹 뻐꾹새 숲에서 울제"였다. 그의 애절한 연주는 내 가슴 깊숙이 파고들었다. 이 노래를 아들이 제 엄마가 죽고

난 후 육 개월쯤 지났을 때에 공부를 하다가 작은 피리로 불었다. 여위고 새까맣게 탄 어미 잃은 아이가 이 노래를 부를 때 제 엄마가 얼마나 보고 싶었을까, 내 가슴은 사금파리로 긁어내는 듯 쓰렸다.

그는 왜, 하필 내가 지나가는 곳에서 이 노래를 부를까. 그가 누구인지 자세히 보려고 했지만 눌러쓴 모자에 얼굴이 가려 볼 수가 없었다. 한참이나 지하 통로를 걸어갔지만, 하모니카 소리는 나를 계속 따라왔다. 희로애락의 인생길에 정답은 없다고 하지만, 저 차디찬 지하 통로 바닥에 주저앉아 연주하는 사람과, 일에 묻혀 고통을 잊으려는 나와는 속앓이의 표현방법이 다를 뿐이었다.

나의 일과는 오전 8시 이전에 시작하여 저녁 10시가 넘어야 끝났다. 긴 시간의 노동이 하루 이틀이 아니었다. 몹시 힘든 환경이라 피로는 누적되었고 마음과 육체가 지쳐 있었다. 그런 곳이었지만 꾹 참고 일했다.

해 질 무렵 창가에 앉았다. 서쪽 하늘을 본다. 구름 한 점 없는 하늘이다. 그날의 붉은 노을이 생생하게 떠오른다.

4부
감사하다

나는 꽃 중에서도 지극히 작은 민들레꽃을 좋아한다. 그 꽃은 보잘것없는 내 모습과 흡사하다. 작고 연약해 보이는 꽃이지만 그도 꽃이다.

거미줄

녀석과 눈이 마주쳤다. 녀석은 도대체 무슨 재주로 고공에 떠있을까. 한참을 자세히 쳐다볼 때 아침 햇살이 나뭇가지 사이로 비집고 들어왔다. 그 녀석의 꽁무니에서 나온 아주 미세한 줄 한 가닥이 위 나뭇가지에 연결되어 있었다. 가느다란 줄이 그를 붙잡고 있다.

1970년대 유류파동(오일 쇼크)이 한차례 휩쓸고 지나갔다. 그때 나는 세상의 동요와는 아무런 관계도 없이 기능직으로 공직에 있었다. 직장은 염려하지 않아도 되었는데, 결혼한 지 수 년이 지났지만 아이가 태어나지 않아 늘 걱정이었다. 우리 부부의 믿음도 흔들렸다.

결혼한 지 칠 년이 되던 해다. 그때도 한가위를 지내려고 본가에 갔다. 몇 마디 주고받는 인사가 끝나자 어머니는 아내의 배를 바라보더니 "아기를 제때에 낳는 것이 제일이다."라고 말씀하셨다. 내 형제들은 결혼만 하면 아이를 낳았다. 그러나 우리에게는 그게 생각과 말대로 되지 않았다.

때문에 아내의 가슴 한편에는 늘 그늘이 있었다. 나도 자녀가 없어 울적했다. 그런 걱정 때문에 아내는 행여나 하는 마음으로 부흥회가 열리는 곳이면 어디든 찾아가 하나님께 엎드렸다. 예배를 마친 후에는 안수기도까지 꼭 받았다. 그뿐만 아니라 아이를 갖기 위해 유명하다는 한의원과 산부인과병원에는 다 찾아다녔지만 아무런 소식이 없었다. 우리의 신앙이 잘못되었나 점검해 보기도 했다.

그러던 어느 날이었다. 아내는 갑자기 내가 다니는 직장을 그만두고 복음 선교회에서 일하라고 하였다. 직장의 공동체 속에서는 《성경》대로 신앙생활을 제대로 못하는 경우가 많아 늘 괴로웠다. 그 말을 들은 지 일 년이 지날 무렵이다. 아내는 슬픔을 가득 머금은 얼굴로 조용히 말했다. 선교회에서 일하지 않으려면 이혼을 하자고 했다. 좋은 직장을 그만두자니 기가 막혔다. 선교회라 하지만 공인된 단체도 아니라 땅이 꺼지는 기분이었다. 하지만 이상하게 그 말을 듣고 난 후부터는 직장에서나 집에서나 아내가 한 말소리가 자꾸만 귓전을 울렸다. 견딜 수가 없었다.

어느 날 잠들기 전에 아내에게 물었다. 나와 이혼하면 어떻게 살려고 하느냐. 아내는 결심이라도 한 듯 산속에 들어가 버리든지, 아니면 어디론가 멀리 떠나고 싶다고 했다. 아내의 말을 듣고 내 마음에 틈이 생기기 시작했다. 아내는 절대로 빈말하는 사람이 아니다. 귓속에는 아내의 말소리만 찬바람 소리처럼 윙윙댔다. 아내가 집을 나간다는 것은 있을 수 없는 일이다. 어찌하든지 그의 마음을 붙잡아야겠다는 생각밖에 없었다. 한 달 후 결단을 하고 말았다. 12월 24일, 그 좋은 직장을 놓기에는 아쉬웠지만, 결국 사직서를 제출하고 말았다.

선교회 직원은 회장과 남녀 전도사 모두 합쳐 네댓 명뿐이었다. 내가 그곳에서 일한 지 삼 년째 되던 해다. 회장이 미국으로 집회 갔다가 돌아오지 않았다. 두서너 달이 지나고부터 우리들의 월급도 끊겨 버렸다. 선교회 직원들은 뿔뿔이 흩어졌다. 나도 그곳에서 나왔다.

공무원으로 일할 때는 매달 월급을 꼬박꼬박 받았기 때문에 유류파동을 실감하지 못했다. 그때 유류파동은 나와는 아무런 상관이 없는 줄 알았다. 그런데 사회는 달랐다. 직장을 알아본다고 여러 곳을 다녔지만 있는 직원도 감원하는 판인데, 신입사원을 채용하지 않아 내가 일할 곳은 없었다. 그렇다고 전에 다니던 직장에서 오라는 것도 아니고 앞으로 살아갈 방도가 막막해졌다.

유류 파동은 이스라엘과 이집트와의 사이에 일어난 전쟁이 그 원인이었다. 그때 미국은 이스라엘을 지원했다. 화가 난 중동의 산유국들이 단합하여 석유 수출을 줄이고 원유가를 급격히 인상해 버렸다. 배럴당 2.9달러였던 원유가가 3개월 만에 11달러로 치솟았다.

그 여파로 세계경제는 휘청거렸다. 당시 유류 파동으로 생긴 유행어가 있다. “미국이 재채기하면 일본은 감기에 걸리고 한국은 몸살을 앓는다.”는 말이다. 우리나라는 유류값이 무려 112%나 인상되었다. 정부는 유류공급을 줄이고 전기 공급도 제한했다. 그 결과로 공장들은 조업 단축에 들어갔고, 시민의 발이라고 하는 시내버스도 운행 횟수를 줄이고, 운행 시간도 단축시켰다. 거리의 가로등도 꺼졌고, 상점의 네온사인도 꺼져 버렸다. 석윳값의 상승은 모든 물가를 올려놓았다. 그러다 보니 직장 구하기는 하늘에 별 따기만큼이나 힘들었다.

간단한 짐을 챙겨 감림산 기도원으로 올라갔다. 금식기도를 하기로 마음먹었다. 금식은 난생처음이다. 기간은 3일로 정했다. 오체투지를 하는 마음으로 하나님께 엎드렸다. 누구로부터 좋은 소식이 올까를 기대하며 이틀을 기다렸지만 아무런 소식이 없었다. 금식 마지막 날, 새벽 기도를 마쳤다. 다른 사람들은 식당으로 갔지만 나는 그날도 산으로 올라갔다. 마침 나지막하고 평평한 바위가 있어 그 위에 앉았다.

"구하라, 그리하면 주실 것이라." 했는데, 내 믿음이 약하든지 아니면 믿음이 아예 없는 것이 아닌가 하는 의심이 들었다. 아침 해가 막 동쪽에서 뜨고 있었다. 그때였다. 보일락 말락한 가느다란 거미줄에 거미가 매달려 있는 것이 보였다. 그 위태한 모습이 내 신앙을 보는 듯했다. 내 믿음이 안 보이는 듯했지만 저 거미줄 같은 작고 연약한 믿음이 있었기에 여기까지 올라왔는가 싶었다. 그리고 하나님께 기도하는 것이라 여겼다. 거미줄처럼 아주 가느다란 믿음이 나에게도 있다는 생각에 마음이 놓이고 편안해졌다.

교회에서 11시 예배를 알리는 종을 치고 있었다. 예배를 드리기 위해 교회로 내려갔다. 예배드리는 시간 내내 마음은 직장을 주시라는 부탁만 하나님께 하고 있었다. 예배가 끝나고 다들 식당으로 갔지만 나는 또 산으로 올라갔다. 힘이 들어 높은 곳에는 갈 수가 없었다. 개울 건너편 큰 바위에 자리를 잡고 작은 소리로 기도했다. 얼마 후 내가 앉은 바위 아래쪽에서 여자아이의 큰 울음소리가 들렸다. 기도를 잠시 멈췄다.

아래를 내려다보았다. 단발머리 여학생이었다. 하도 기도하는 소리가 애절해 "하나님 내 기도도 바쁘지만 저 아이가 더 급한 모양입니다. 저 아이 소원부터 들어 주십시오."라고 기도하고 있었다.

기도를 멈춘 나는 《성경》 이사야서를 읽고 있었다. 그때 갑자기 부스럭 하는 소리가 났다. 바위 아래쪽에서 기도하던 학생이 내 앞에 우뚝 서 있었다. 그를 보는 순간 멋쩍고 어색하여 계면쩍게 웃었다. 나의 미소에 답하는 듯 아이는 "아저씨 무슨 기도 제목 가지고 왔어요?" 했다. "직장 구하려고." "제가 직장 구해 드릴게요, 아저씨 집이 어디세요?" 여학생의 행동이 좀 황당했지만, 얼떨결에 부산 명륜동이라고 말했다. 학생은 자기도 명륜동이라며 약도를 하나 그려 주었다. "기도 마치고 부산 오면 이 약도 가지고 찾아오세요." 하며 그 학생은 약도를 내게 건네주고 갔다. 어른도 아닌 어린것이…. 믿기지 않았지만 학생이 준 약도를 접어 안주머니에 넣었다.

산 기도를 마치고 집으로 돌아온 나는 학생이 준 약도를 펴 자세히 보았다. 우리 집과 그리 멀지 않았다. 기도의 응답인지 종잡을 수 없었으나 직장을 구한다는 생각에 반신반의하며 그 집을 찾아갔다. 마침 학생과 고모가 마당에서 빨래를 널고 있었다. 학생은 고모에게 내 소개를 하였다. 학생 고모는 하던 일을 멈추고 나를 초량에 있는 큰 사무실로 데리고 갔다. 갑자기 당하는 일이라 꿈을 꾸는 듯했다. 그곳 대표이사에게 나를 소개해 주었다. 나는 그날로 직장을 얻었다.

어느덧 사십여 년이라는 세월이 훌쩍 흘러가 버렸다. 그 단발머리 아이는 어디에 사는지. 지금은 아마 육십 대 후반의 부인이 되어 있을 것이다. 그러나 내 기억 속에는 그는 영원한 단발머리 여학생으로 고스란히 남아있다. 이름도 모르는 그 어린 사람은 고맙게도 내가 직장을 얻도록 인도한 등불이었다.

내게도 거미줄 같은 가느다란 믿음이나마 있었기에 기도원에도 갔을 것이다. 그러기에 이런 일도 생기지 않았나 싶다.

감사하다

어느 일요일이다. 그날이 비번 날이라 아침에 퇴근했다. 다른 일은 제쳐두고 교회 갈 준비를 서둘렀다. 11시 예배에 늦지 않으려면 교통비가 더 들어도 택시를 타지 않을 수 없었다. 버스로는 늦을 게 뻔했다. 택시를 잡았다. 점잖아 보이는 택시 기사는 내 나이보다 두서넛 위로 보였다.

택시는 횡단보도 신호 받을 때나 사거리 신호 받을 때 잠시 멈출 뿐, 무정차로 달렸다. 달리는 속도만큼이나 예배시간에 맞추어 갈 수 있다는 생각에 내 기분도 괜찮았다. 택시 기사에게 은근히 말을 걸고 싶었다. 그 무렵 우리 교회에서는 전도에 온 힘을 쏟을 때였다. 성도들 모두가 그 일에 열심이었다.

나도 그만 전도에 발동이 걸렸다. 기사에게 "오늘 저하고 교회 가서 예배드리고 점심 같이 먹자."라고 했다. 그는 내 말이 끝나자마자 "내가 여섯 살쯤 되었을 때 동네 아저씨가 오늘 아저씨처럼 교회 가자고 하였지요, 빈둥빈둥 노는 것이 지겨워 그 아저씨를 따라 교회 갔습니다. 마침 그때 교회에서 나누어 주는 찰떡을 받아먹었습니다. 그 시간에 교회에서 무슨 소리를 들었는지 지금은 아무런 기억이 나지 않지만 그때 떡 얻어먹었던 기억은 여태까지 생생히 떠오릅니다."라고 말했다.

차는 어느새 교회 앞에 다다랐다. 기사는 오늘은 준비가 안 되어 있으니 다음에 교회에 가겠다고 했다. 비록 짧은 시간이었지만 우리는 며칠 동안이나 사귀어 온 이웃처럼 편하게 말을 주고받았다. 차에서 내리며 요금 미터계를 보니 2,800원이 찍혀 있었다. 만 원을 주고 거스름돈으로 7,000원을 받으며 "200원은 팁입니다." 하고는 너털웃음을 웃었다. 200원을 더 받은 기사는 고개를 끄덕이며 몇 번이나 인사를 했다.

잔돈 200원 정도에 고마워하는 모습을 보니 어쩐지 내 마음이 찡했다. 이 감동으로 온종일 흥이 일어나 기분이 몹시 좋았다.

젖은 짚단을 태우던 때다. 밑바닥이라는 그 생활의 기분을 어떻게 표현할까. 밑바닥에서 세상을 보니 보이는 것이 많았다. 배울 점도 있었다. 능력이 한계에 다다른 그때 내 정신의 근육도 꺾여 약해졌다.

마침 그때 어느 사람이 이름을 밝히지 않고 매월 아이 학비에 보태 쓰라고 하얀 봉투에 금일봉을 담아주었다. 그분이 고마워 누구인지 알고 싶었고 감사하다는 인사를 전하고 싶었다. 그러나 돈을 건네준 사람은 그분이 신원을 밝히기를 원하지 않는다며 가르쳐 주지 않았다. 몇 달이 지났다. 어떤 분이지 궁금해 또 물어 보았다. 봉투를 전해준 그는 내 마음을 조금도 알고 싶지 않다는 듯 외면해 버리고 아무 말 없이 돌아서 가버렸다.

고맙다고, 감사하다고 말하고 싶었지만 그때부터 나는 그 사람 찾는 일을 포기했다. 하지만 그가 내 마음은 받았으리라 믿었다. 그는 나를 측은히 여긴 어느 천사라고만 생각하고 지냈다.

깊은 수렁에 한번 빠지니 그 난관에서 헤쳐나오기가 힘들었다. 그때마다 내 손을 잡아주는 좋은 사람을 만나 고비를 넘겼다. 세상이 야박하다고들 하지만 좋은 사람들도 더러 있었다. 그때 나는 말로서만 감사하다고 말했다. 실질적 감사를 하지 못해 미안했다. 힘들어 그렇게 되었으니 그분들이 이해해 주기를 바라고 있을 뿐 다른 방도가 없었다.

지나간 일들을 돌이켜 생각해보니 감사하지 않을 수가 없다. 오늘날 내가 이렇게 서 있는 것도 다 그들 덕분이다. "범사에 감사하라."는 말이 있다. 팍팍한 삶에서 벗어난 후 그분들에게 감사드리리라고 마음에 새겼다. 만약 나의 표시를 받아주지 않는다면 가장 먼저 해야 할 일은 어려운 사람을 돕는 것이라 여겼다.

드디어 내게도 경제적 안정이 찾아왔다. 아들이 대학을 졸업하기 전에 의사고시에 합격한 것이다. 반가운 소식에 움츠렸던 어깨가 활짝 펴졌다. 서서히 생활의 리듬도 바뀌고 나도 모르게 활기가 돌아왔다.

요즘은 전에 보이지 않던 아름다운 산천초목도 내 눈에 보인다. 그 아름답고 우람한 수관樹冠일지라도 지금까지 살아오면서 휘청거리며 흔들림이 많았을 것이다. 자신을 막무가내 흔들어 대던 모진 바람을 피하지 않고 고스란히 맞으며 견뎌온 나무의 의지가 장하고 굳세어 보인다.

큰 나무 앞에 설 때면 나도 모르게 고개가 숙여진다. 그렇다고 그를 숭배하는 것이 아니다. 수백 년을 견뎌낸 나무는 어느 한쪽으로 조금 기운 것같이 보이기도 하지만, 조화와 균형을 이루며 무엇에 얽매이지 않고 태연하게 서 있다.

나는 꽃 중에서도 지극히 작은 민들레꽃을 좋아한다. 그 꽃은 보잘것없는 내 모습과 흡사하다. 작고 연약해 보이는 꽃이지만 그도 꽃이다.

이건 이래서 저건 저래서, 그 나름의 의미를 느낄 수 있는 데까지 내 생각이 미치니 생활이 좀 여유로워진 건 분명해 보인다.

밑바닥 생활하던 그때, 무관심한 사람들을 보고 비로소 깨달았다. 그때 받은 깨달음을 지금 잘 활용한다. 나는 냉정한 사람을 만나도 빙긋이 웃으며 먼저 인사한다. 그렇게 바보 같은 모습으로 산다. 지난날을 생각하면 요즈음 날마다 감사하다.

500분의 1

삼월은 몹시 불안한 달이다. 아내가 삼월에 세상을 떠난 달이기 때문이다.

의사는 내 MRI사진을 보더니 수술 외는 다른 방법이 없다고 했다. 이대로 방치하면 경추 5,6번 탈출로 인해 하반신에 마비가 올 수 있다고 한다. 수술 예정일을 삼월 초로 잡았다.

하필이면 삼월일까. 나는 의사에게 삼월에는 수술하기가 께름칙하다고 말했다. 의사는 삼월을 피하는 이유를 물었다. 아내가 세상을 떠난 달이라 왠지 그 달은 마음이 불안하다고 했다. 의사는 고개를 갸우뚱하더니 3월 31일 입원하여 4월 1일

수술하자고 하였다. 수술할 때까지 목 견인치료는 계속 받으라는 말도 덧붙였다.

수술하게 된 사실을 다니던 회사에 알리고, 아들에게도 말했다. 약속된 날짜에 입원했다. 수술할 의사가 나를 찾았다. 의사는 목 앞부분을 절개하여 수술하며, 수술은 5시간 30분 정도의 시간이 소요된다고 하였다. '만약'이라며 500분의 1에 대한 확률도 설명해 주었다. 수술하다가 생명을 잃을 수도 있고 하체가 마비되는 수도 있다고 한다. 가슴이 뜨끔했다.

입원실로 돌아온 그날 저녁에 걱정이 되어 잠이 오지 않았다. 늦은 저녁 시간에 간호사가 보호자를 찾았다. 아들이 있는데 시험기간이라 학교에서 공부한다고 말했다. 간호사는 인쇄된 각서 두 장을 내 앞에 내밀었다. 내용을 읽어보니 수술 후 일어날 일에 대해 수용하겠다는 내용이었다. 서명을 해야 내일 아침 수술이 시작된단다. 가족이 없어 모든 것을 나 혼자서 결정해야 하니 난감할 때가 많다. 지금이 바로 그런 때다. 내 이름을 쓰고 사인을 했다.

수술하는 날, 폴대에 링거를 달고 온 간호사는 내 팔에 주사바늘을 꽂았다. 그 즉시 휠체어에 나를 앉혔다. 간호사에게 다리는 멀쩡하니 걸어가겠다고 했다. 간호사는 본능적으로 나를 보더니 휠체어에 태워 밀고 갔다. 엘리베이터가 수술실이 있는 1층에서 멈추었다. 갑자기 500분의 1이 생각났다. 내가 죽으면 아들 혼자 어떻게 살아갈까 하는 두려움이 밀려왔다. 별별 생각이 머릿속을 지나갔다. 아들을 남겨 두고 죽을 것만 같은 불길한 생각까지 들었다.

"간호사님! 나 오늘 수술 안 받아요?" 하고는 휠체어에서 내려 걸어갔다. 간호사는 난감한 표정을 짓더니 나를 잡아당겨 강제로 응급실 침대에 눕혔다. 혈압 측정을 하더니 이번에도 주사를 찌른다. 그때 다른 간호사 한 사람이 응급실로 뛰어들어왔다. 나는 정신이 몽롱해졌다. 침대에 누운 채로 수술실에 들어갔다. 수술실 안은 대낮보다 더 밝았다.

정신이 멍했다. 하나님께 아들을 부탁드린다고 기도했다. 옆에 섰던 사람이 "환자분 키가 얼마지요?" "165입니다." "몸무게는?" 그 이후로는 아무 말도 들려오지 않았고, 하지도 못했다.

어느 양옥집, 대문 공사하는 모습을 구경하고 있었다. 한참 후 공사가 거의 마무리되었다. 공사한 부분이 흙과 모래로 지저분하여 인부들은 물 청소를 했다. 나는 일도 하지 않고 그냥 서서 보고만 있었는데 몹시 피곤했다. 소변이 마려워 변소에 가려는데 통 발걸음이 떼어지질 않았다. 있는 힘을 다하여 움직여 보려고 해도 꼼짝할 수가 없었다.

그러는 사이 공사장의 모습이 사라지고 일하던 사람도 안 보였다. 그러나 옆에서 사람들의 목소리가 들렸다. 현기증이 나고 내 몸은 허공을 빙글빙글 돌고 있었다. "소변 보고 싶어요." 그때다. 옆에서 "그냥 소변 보셔도 됩니다!" 하며 내 입에 덮인 것을 벗겨주었다. "그냥 소변하세요. 수술이 잘되었습니다."

사람들의 소리가 더 가까이에서 들렸다. 그들은 내 팔과 다리를 묶은 줄을 풀어주었다. 내가 누운 침대가 갑자기 움직였다. 어디로 가는 모양이다. 수술 시간에 내가 꿈을 꾼 모양이다. 사람들이 왕래하는 발 소리가 들렸다. 그들을 보고 싶었지만 눈 뜰 힘이 없었다.

중환자실이었다. 그곳에서도 내 몸은 빙글빙글 돌고 어지러워 구토가 나왔다. 간호사가 입 주변을 닦더니 자면 안 된다고 하며 숨을 크게 내쉬라고 한다. 아픈 내 사정은 조금도 생각해 주지 않았다.

얼마나 지났을까? 내 이름을 불렀다. 수술한 의사라고 하였다. 그가 내 손을 오므렸다 폈다 해 본다. 수술은 잘 되었으니 오늘 밤에 헛기침을 200번 하고 자라고 한다. 그렇지 않으면 마취가스가 몸속에 그대로 남게 된단다. 헛기침을 해야 마취가스가 빨리 몸 밖으로 빠져나간다고 거듭 일러준다.

그날 밤, 있는 힘을 다하여 열 번 헛기침하고 손가락 하나 접고, 또 열 번 헛기침하고 손가락 하나 접고 그렇게 하여 200번의 헛기침을 다 한 것 같다. 중환자실은 너무 조용했다. 내가 헛기침할 때마다 고약한 냄새가 뿜어져 나와 옆 사람들이 모두 멀리 피했다. 내 신세가 외딴섬에 갇혀있는 느낌이었다.

눈을 뜨라고 했다. 수술한 의사가 또 왔다. 그러나 눈 뜰 힘이 없어 그냥 있었다. 손을 오므렸다 폈다 해 보라고 시킨다. 그의 말대로 따라 했다. 의사는 머리에 고정시킨 두 개의 모래주머니가 제자리에 있는지 확인하고 팔을 만져 주더니 “수고했습니다. 쉬세요.” 하였다.

아들이 왔다. 내 손을 만지며 “힘든 수술 잘 마쳐 주어서 감사합니다. 시험 때문에 아빠의 수술을 지켜주지 못해 미안합니다.” 한다. 물끄러미 바라보는 아들의 얼굴은 초췌하다. 학교 복도에 있는 긴 의자에서 새우잠을 자가며 시험 공부했을 것을 생각하니 가슴이 찌르듯이 아팠다.

‘500분의 1’이라는 말을 듣지 않았더라면 이만큼 불안에 떨지 않았을 테다. 의사가 굳이 확률을 설명할 때 ‘1,000분의 1’이라고 늘여 주었으면 어땠을까. 그렇더라도 저 아들을 못 볼까봐 마음 졸인 것은 마찬가지였을 것이다.

뭐하러 왔어요

아내가 늦게 들어왔다. 수심이 가득한 얼굴이다. 아내는 이천사백 세대가 살고 있는 아파트단지 건너편에서 쌍방울 메리야스 대리점을 하고 있었다. 가게가 넓어 화장품과 여자 옷도 판매했다. 수입은 괜찮았다. 동네에서는 아내가 남의 말을 잘 들어 주는 사람으로 소문이 자자했다. 빈말을 하지 않는 사람이라 인기도 대단했다. 부자는 아니었지만 우리 부부는 남부럽지 않게 살았다.

메리야스는 도매가격으로 팔았고, 화장품과 옷도 그리 비싸지 않게 판매했다. 가게에는 사람이 늘 붐볐다. 나는 아침 일찍 가게 셔터문을 올리고 청소를 한 후 직장에 출근했다. 퇴근 때에도 가게에 들러 아내 일을 도와주다가 마치는 시간이 되면 문을 닫고 아내와 같이 집으로 돌아왔다.

어느 날, 아주머니들의 이야기에 귀가 쫑긋했다. 그들이 '다리모시'를 조직했는데 아내가 '오야'라는 것이다. 나중에 안 일인데 아내는 현금을 가지고 있어 융통에 어려움이 없다고 오야(계주)를 시킨 것이라 했다. '제 사장(아내의 호칭)' 하면, 그 시장통에서는 유명세를 탔으니 그럴 만도 했을 것이다. 곗돈을 모아 순서대로 계 타는 사람에게 주는 일을 아내가 맡은 것이다.

여사장이라던 아내가 어느 날부터 얼굴빛이 어두워졌다. 아프냐고 물어도 괜찮다는 말 외에 아무 말도 하지 않았다. 가게 오는 손님과 싸웠냐고 물어도 묵묵부답이었다. 그날도 저녁에 가게 문을 닫고 집으로 가야 하는데 아내가 볼일이 있다며 나 먼저 집으로 가라고 했다.

아내는 사정이 딱하다는 사람들에게 돈을 잘 빌려 주었다. 때로는 가진 돈이 모자라면 옆 사람에게 빌려서라도 큰돈을 마련하여 주곤 하였다. 심지어 그 사람 대신에 아내가 차용증을 써주고 그가 빌려간 돈을 갚지 않으면 대신 갚았다. 그런 일이 반복되는데도 어찌된 일인지 남의 사정 봐 주는 것을 아내는 자기 일처럼 했다.

마당발이라는 아내에게 먹구름이 끼기 시작했다. 아내가 대신 써준 차용증은 여러 장이었다. 약속된 날짜에 돈을 갚지 못하면 원금에다가 이자까지 아내가 대신 갚았다. 가게의 수입금으로 남의 빚 갚기가 힘들면 어떤 때는 내 월급까지도 보탰다. 아내가 비틀거리니 내 마음도 우울했다.

밤늦게 들어온 아내는 한숨을 크게 쉬더니 말을 건넸다. 돈 빌려준 집에 돈 받으러 갔더니 "누구세요, 뭐하러 왔어요?" 하더라는 거다. "돌쇠 아버지! 나요 나. 제 집사."라고 했는데도, "누군지 모르겠는데요."라고 뚝 시치미를 떼더란다. 방안에서는 사람 소리가 두런두런 들리더니 아내가 온 줄 알고 곧 조용해졌다고 했다. 방에 분명히 그 사람의 아내가 있는 것 같은데 그 사람은 집사람 없다고, 사람을 잘못 찾아왔다면서 고개를 돌리고 엉뚱한 소리를 하더란다. 그 집까지 찾아간 아내의 심각한 심정은 모른 체하고 마치 자기 아내를 지키는 파수병 역할을 하는 사람 같더라고 말했다.

괘씸했다. 급하다고 하면서 아내에게 딱한 사정을 말하기에 돈을 빌려 주었다. 차마 거절을 못하고 사정을 봐 주었더니 이제 모른 체한다는 것이다. 아내에게 그 사람 혹시 미치지 않았느냐고 물었다. 아내는 그가 말은 차근차근 조리 있게 잘하더라고 했다.

그들에 대해 우리는 너무나 모르고 있었다. 아는 것이라고는 한 시장市場통에서 장사를 한다는 것과, 다른 교회에 다니는 정도만 알고 있었다. 그때서야 아내는 피해를 본 줄 알고 그 사람의 뒤를 알아보았다. 그는 아내에게뿐만 아니라 다른 사람들에게도 돈을 빌리고 안 갚은 돈이 상상 외로 많았다.

사기꾼에게 속았다는 것을 알았을 때는 이미 때가 늦었다. 속이 상한 아내는 그때야 내게 말을 했다. 그는 삼 번과 십 팔 번 두 개의 계를 들었는데 지난번 삼 번 계를 타먹고 난 후 두어 번 곗돈을 내더니 지금까지 곗돈 두 몫을 내지 않는다는 것이다. 그렇게 하여 그 사람이 넣는 두 개의 곗돈까지 아내가 대신해서 계 타는 사람에게 지불했다는 것이다. 이제 어떻게 할 것이냐고 아내에게 물었다. 아내는 대답 대신 한숨만 내쉬었다.

그날 저녁, 아내가 만든 장부책과 가게 수입지출, 생활비 등을 꼼꼼히 챙겨 보았다. 계 조직 인원이 모두 십칠 명인데 번호는 이십 번까지 되어 있다. 곗돈을 안 낸 그가 두 개를 들었고, 또 다른 사람이 두 개, 아내가 두 개를 들어 모두 이십 번으로 순서가 매겨져 있다. 내가 놀란 것은 아내가 그 사람의 곗돈 두 몫을 고스란히 대납하고, 대리로 차용증 써 준 돈도 이자까지 합쳐서 원금을 갚고 있다는 사실이었다.

시장市場통 안에서는 여자들이 서로에게 돈을 빌려 줄 때는 꼭 이자가 붙었다. 남자들은 일이백 만 원 정도 빌려주어도 되갚아 줄 때에 이자를 받지 않는데, 시장 통 여자들은 달랐다.

그것도 이자가 2부나 되었다. 아내는 대답을 피하고 방바닥에 누웠다. 혈압이 높은 사람이라 더 이상 말을 하지 않고 밖으로 나왔다. 사기를 당했다 하는 세상 사람들의 말이 이제야 실감이 났다. 열 길 물속은 알아도 한 길 사람 속은 모른다더니 아내는 그 사람을 몰라 속은 것이다.

돌부처처럼 무던하다는 평을 듣던 나도 속이 상했다. 그렇게 마음과 힘을 다하여 도와준 아내에게 '뭐하러 왔어요. 당신을 모르는데요.' 하며 모르는 척하던 그 사람이 사기꾼인지, 남을 속여 이득을 꾀하는 사람인지 아내와 나는 전혀 몰랐다. 결국 그들은 도망을 가 버렸다.

말뚝

말뚝은 강하다. 튼튼하다. 유년기에 마을 뒤 버덩에 오르면 말뚝에 매인 염소를 자주 보았다. 말뚝이 단단히 박히지 않으면 염소는 자기를 매 놓은 말뚝을 뽑아 이리저리 다니다가 줄이 나무에 감겨 죽기도 한다. 염소는 다른 짐승에 비해 성질이 급해서 빨리 숨이 떨어진다. 죽기 전에 사람들의 눈에 발견되면 다행이다. 그 염소를 나무가 없는 곳에 가서 말뚝머리를 모질게 망치질하고는 목줄에 달린 고삐를 단단히 묶는다. 말뚝은 많이 두들겨 맞을수록 깊이 박히고 견고히 제자리를 지킨다.

외양간에도 황소를 매 놓은 말뚝이 있다. 소는 주인 따라 낮에는 논밭으로 일하러 나간다. 소 말뚝은 혼자 외롭게 서 있다.

시골에서 남의 농사만 지어서는 내 형편이 좋아질 기미가 보이지 않았다. 제대하고 도회지로 무작정 나왔다. 도시 이곳저곳에서 건축공사가 한창이었다. 아침 일찍 공사 현장에 가서 일할 곳을 알아보니 다행히 일자리가 있었다. 내게 붙은 호칭은 미장이의 '데모도'였다. 모래를 체에 걸러 시멘트와 물을 혼합하고 반죽을 만들어 미장이에게 끊임없이 건네주는 일이었다.

고향을 떠나올 때 부산까지 갈 정도의 차비만 겨우 마련하여 왔다. 낯선 부산 땅에 아는 이라고는 한 사람도 없었다. 마땅히 잘 곳이 없어 방세가 싼 여인숙, 계단방에서 방값의 절반을 주고 잠을 잤다. 하루하루 잠잘 곳이 걱정되었다. 일을 하다 보니 점심은 일하는 곳에서 해결할 수 있는데 아침과 저녁, 잠자리가 문제였다.

공사장 부근에 혼자 사는 할머니가 계셨다. 그 할머니의 집은 낡고 작은 집인데 방이 두 개였다. 할머니는 내가 잘 데가 없다는 사정을 이미 알고 계셨다. 미장이 아저씨가 할머니에게 내 형편을 말해준 모양이다. 할머니는 나를 측은히 여겼던지 작은방에서 지내라고 했다. 할머니에게 전세를 드릴 돈이 없다고 말씀드렸다. 할머니는 "집도 낡고, 방도 허름하고 부엌도 같이 쓰는데 전세가 뭐고? 달세만 쪼끔 내라."고 하셨다. 오늘 저녁부터 당장 오라고 하신다.

일을 마치고 저녁에 할머니 집으로 갔다. 할머니는 저녁밥을 먼저 지어 드셨다. 그 부엌 연탄불 위에 내가 사 온 냄비를 얹어 저녁밥을 해 먹었다.

다음날 일을 마치고 집에 들어서니 할머니는 밥상을 내오시며 먹으라고 한다. 상에는 보글보글 끓는 된장찌개와 파무침 등이 차려져 있었다. 목이 메었다. 그렇지만 이것은 아니다 싶었다. 할머니에게 다음부터는 이렇게 하지 말라고 신신당부를 했다. 열악한 내 부산생활은 이렇게 시작되었다.

큰 도회지에서는 고층 건축물이나 긴 다리를 자주 본다. 그런 건축물을 세우기 위해 수많은 콘크리트 말뚝이나 강관(H빔) 말뚝을 먼저 박는다. 육중한 쇠망치를 얻어맞는 말뚝은 얼마나 고통스러웠을까? 수없이 쏟아지는 망치질에도 든든히 서 있는 말뚝은 아무런 말도 못하고 땅속에 깊이 박힌다. 땅속 깊은 곳에 그대로 서 건축물을 떠받친다. 망치에 많이 맞아 깊이 들어간 말뚝일수록 그 위의 건축물은 더 높게 올라간다.

세상에도 모진 풍파와 고난을 당하고 말뚝처럼 우뚝 선 사람들이 있다. 옛날이나 지금이나 성공했다는 사람들의 뒷면을 자세히 들여다보면 환경의 세파를 온몸으로 맞아 상처가 옹이처럼 남아있다.

성서 인물 중에 다윗이라는 왕이 있다. 그는 목동 출신이다.

그가 세파의 망치에 맞기 시작한 것은 사울 왕에게 밉보인 때문이다. 다윗은 인근 나라와의 전투 때마다 승전하여 국위를 선양하였다. 백성들은 사울은 천천이요, 다윗은 만만이라며 그를 칭송했다. 시샘이 난 사울 왕은 그를 죽이기로 마음먹었다. 다윗은 사울을 피해 나라 변방 국경선 주변으로 떠돌아 다녀야만 했다.

서양의 유명한 작가 '안데르센'의 작품을 읽을 때마다 주체할 수 없는 눈물이 흐른다. 〈미운 오리 새끼〉의 주인공은 바로 안데르센 자신이었고 〈성냥팔이 소녀〉의 주인공은 그의 어머니였다.

한국에서도 이와 비슷한 경우가 있다. 그는 김규환 씨다. 그의 최종학력은 초등학교 중퇴다. 어머니가 돌아가시고 난 후 그는 네 살배기 동생을 업고 다니며 죽기 살기로 일을 하였다. 밥을 겨우 먹을 지경이었지만 주경야독으로 공부하여 국제 특허만 62개를 획득하였고, 세계대회에서도 일등상을 받았다.

나는 가난과 빚보증이라는 매질을 당했다. 아내는 나 몰래 감당하기도 힘든 빚보증을 섰다. 그로 인해 집을 팔고 오랫동안 사글셋방을 전전했다. 2년밖에 보장되지 않는 임대기간이 끝날 때마다 한숨이 깊어만 갔다. 예상보다 더 많이 올리는 달세는 망치질만큼이나 무서웠다. 나는 비틀거렸다. 그동안 내 버팀목이 되어준 것은 아들이었다. 아들이 학교에서 전액 장학금을 받으며 공부를 잘해 준 덕분이다. 그렇지 않았다면 어찌 되었을까? 책값과 교통비 대주기에도 내 삶은 가팔랐다.

나는 직장에 나가면 휴식시간 없이 일했다. 그냥 있으면 근심에 파묻혀 죽을 지경이었다. 지켜보던 관리인과 사업주는 나를 보고 대단히 부지런한 사람이라고 칭찬했다. 사실은 정신적 고통을 잊어버리기 위해 놀지 않고 일한 것이었다. 그들의 칭찬이 내게 힘은 되었다. 회사에서는 다른 동기들보다 모범이라는 말을 많이 들었다. 만약 내게 그러한 망치질이 없었다면 이처럼 열심히 살았을까 싶다.

풍파가 닥칠 때마다 하소연할 곳이 없는 나는 늘 외로웠다. 그때마다 할 수 있는 일은 기도뿐이었다. 오늘 내가 이렇게 서 있는 것은 다 기도라는 말뚝이 있어서일 것이다. 나를 버티게 한 것은 신앙의 말뚝이다.

그날 저녁

깊은 웅덩이다. 전혀 생각지 못했던 일들이 내 앞에 펼쳐지고 있다. 절망의 늪에서 꼼짝할 수 없는 처지에서 내 운명을 어떻게 할 방도가 없었다. 의욕마저 잃었다. 그렇게 지내던 어느 날이다.

소장이 퇴근 후에 저녁을 같이 먹자고 했다. 직장에서 제일 높은 사람이라 거절하지 못하고 그러마고 대답했다. 식사 자리에서 소장과 경리는 즐거운 듯 주거니 받거니 하며 술잔을 비웠다. 소장은 내게도 술을 권했다. 나는 손사래를 쳤다. 내 앞에 놓인 잔에다 술 대신에 음료수를 가득 채웠다.

경리는 반 술이나 되었는지 대뜸 "아저씨 수염도 좀 깎고 어깨도 좀 펴고 다니세요." 했다. 나를 생각해주는 말이라 고마웠다. 알았다는 듯이 고개만 끄덕였다. 경리 아가씨의 당돌한 행동에 소장은 나를 보고 씨익 웃는다. 경리가 술기운으로 말했지만, 다 나를 위한 소리라 귀담아 들었다.

2차로 노래방에 갔다. 소장과 경리는 한참 몸을 흔들며 노래를 부르다가 잠시 테이블에 앉아 맥주잔을 비운다. 술잔을 비운 경리가 "술 한잔 받으세요." 한다. 소장도 술 한잔을 권한다. "나는 사이다." 하며 겸연쩍게 웃었다. 소장이 잔에 사이다를 붓자 경리가 그 잔에 맥주도 부었다. 미소 띤 얼굴로 소장은 나를 쳐다보며 괜찮다며 마시라고 한다. 셋이서 술잔을 높이 들고 부딪치며 '브라보!'를 외쳤다.

뱃속에 맥주가 두어 잔 들어가니 가슴이 후끈거렸다. 다리에 힘이 빠져나가는 것 같다. 셋이서 음악에 맞추어 춤을 추는데 다들 어설프다. 나는 더 어설프다. 그래도 소장과 경리는 노래만은 가수 못지않게 잘 부른다. 소파에 앉아 장단에 맞추어 손뼉을 쳤다. 마이크를 내 입에 대고 노래를 부르란다. 노래를 못 부른다며 계속 사양했다. 끝내 소장은 내 팔을 잡아당기며 명령이라고 한다. 경리가 깔깔 웃으며 노래 부르라고 하며 다른 쪽 팔을 잡아당긴다.

나는 나훈아의 〈청춘을 돌려다오〉를 구성지게 불렀다. 2절을 부를 때는 가슴에 담아두었던 응어리를 토해내며 구두를 한 짝 벗어 땅바닥을 내리쳤다. 노래가 끝나자 소장이 나를 껴안는다. 덧없이 슬픈 내 마음을 알아주는 소장이 고마웠다. 경리도 내 어깨를 감싸 안는다.

눈물이 핑 돌았다. “아저씨, 조금만 참으세요. 좋은 날이 올 겁니다!” 하며 위로를 해준다. 그들의 따뜻한 격려의 말에 내 속에 있는 상처의 찌꺼기가 씻기는 것 같았다. 여태까지 세상은 나를 외면했다. 하지만 알아주는 사람이 있으니 기분이 전환되는 듯했다.

열 시가 넘었다. “소장님! 내일을 위해 오늘은 종칩시다.” “이 주임은 내 마음을 잘 알아주어 든든해.” 하면서 해맑게 웃으며 계산대로 갔다. 내가 먼저 밖으로 나왔다. 시원한 밤공기가 나를 감싸 안는다. 오~ 바람이 나를 좋아하네. 오늘은 내 팔자가 살맛나는 날이야. 허공을 보고 하하하 웃었다. 세상의 허공도 나를 보고 웃는다. 나는 잠시 돌았나 싶었다.

그때 소장이 내 곁으로 다가왔다. “내가 세상을 보고 웃으니, 세상도 나를 보고 웃네요, 하하하.” 그러자 소장도 경리도 덩달아 하하하 하고 소리 내어 웃는다. 세 사람의 웃음소리는 멀리 허공으로 메아리 되어 날아갔다. 경리가 내 팔을 툭 치며 말했다. “아저씨 그런 말은 아무나 하는 게 아니에요.” 그 말 속에는 감추어진 비밀이 있다고 했다. 경리는 나보다 어리지만 세상은 더 많이 산 사람 같은 말을 했다.

오랜만에 나는 사람 대접을 받았다. 내 허파에 바람이 들어 왔다. 그날 저녁은 그렇게 지나갔다.

일장춘몽

한 여자를 소개받았다. 이혼녀였다. 그에게도 내 아들과 동갑인 아들이 하나 있었다. 부모님은 캐나다에 산다고 했다. 그와 재혼을 굳히게 된 데는 그녀 부모의 격려가 컸다.

그녀는 조건 하나를 내걸었다. 혼인 신고부터 먼저 하고 같이 살자는 것이다. 나는 흔쾌히 그러자고 했다. 구청에 가서 혼인신고한 날, 그녀의 이삿짐이 우리 집에 왔다. 그날부터 동거가 시작되었다. 몇 개월이 지나자 그의 아들에게 문제가 있음을 알게 되었다. 그 아들은 아무렇지도 않게 담배를 피웠다. 아이가 쓰는 방에도 담배꽁초가 널브러져 있었다.

그뿐만 아니었다. 우리가 없는 틈을 이용해 내 아들 방에 들어가 책과 소지품을 뒤졌다. 아이의 엉뚱한 행동은 계속되었다. 내 아들이 그에게 몇 번이나 타일렀지만 그 버릇은 여전했다. 실망이 컸다. 기대했던 결혼생활의 꿈이 석 달도 채 되지 않아 무너지기 시작했다.

어느 날 집에 들어오니 아들이 그와 싸우고 있었다. 왜 싸우는지 물었더니 또 책상 서랍을 뒤져 엉망으로 해 놓았다는 것이다. 그러며 내게 화를 버럭 냈다.

엎친 데 덮친 격으로 아내의 전 남편이 찾아와 큰 막대기로 싱크대를 쾅쾅 내리치며 돈 내놓으라고 소리쳤다. 어찌된 일이냐고 아내에게 물었다. 동네 사람들이 우르르 몰려왔다. 마을 사람들은 저 사람이 이 집에 와서 이렇게 하는 것이 오늘이 세 번째라고 했다. 나는 처음인 줄 알았다. 아내의 전 남편은 이웃 사람들의 빈정대는 소리는 아랑곳하지 않고 싱크대를 더 세게 치며 고함을 질렀다.

이런 일을 처음 당하니 어찌할 바를 몰랐다. 부끄러웠다. 입만 바싹바싹 타들어 갔다. 이웃 주민이 신고하여 경찰이 왔다. 그와 같이 나도 경찰에 붙잡혀 가 조사를 받았다. 아내의 전 남편은 조사관에게 "아들 좀 보러 왔다."고 했다. 조사를 하던 경찰이 나보고 "아들 보고 싶어서 왔다는데 너그러이 좀 봐 줄 수 없습니까?" 했다. 그때 파출소에 같이 간 이웃 주민이 경찰에게 "그 말 믿지 마세요. 오늘로 세 번째 와서 돈 내놓으라고 억지를 부린 겁니다. 이혼한 남편이 왜 자꾸 찾아와서 돈을 요구하는지 기가 막히네." 하며 목소리를 높였다. 나를 조사하던 경찰은 내 사정과 주민의 말은 듣지 않고, 아들이 보고 싶어 왔다는 그의 말만 믿고 그를 집으로 돌려보냈다. 나도 집으로 돌아왔다.

아내에게 왜 그 사람이 집에 와서 돈을 요구하며, 파출소에 가서는 아들 보러 왔다고 하는지를 물었다. 그 사람에게 꼭 주어야 할 돈은 없다고 했다. 아들 보러 온다는 것도 다 거짓말이며 우리가 잘 살고 있는 것을 보기가 싫어 억지로 돈을 요구하는 거라고 했다. 아내는 나 몰래 그가 찾아올 때마다 돈을 주어 보냈다고 하였다. 나는 이혼을 어떻게 했기에 이런 일이 생기냐며 화를 냈다. 아내는 꿀 먹은 벙어리 모양 아무 말이 없었다.

그 사람이 왔다 간 지 한 달 후 아들에게서 전화가 걸려왔다. 수화기 너머로 아들의 음성은 떨리고 있었다. "아빠, 그 사람이 왔어요." 나는 얼른 파출소에 전화해 경찰을 우리 집에 가라고 하고는 하던 일을 멈추고 집으로 갔다. 아들의 얼굴은 파랗게 변해 있었다. 그가 욕을 해대며 마누라를 찾아오라는 고함소리가 온 집안을 가득 메웠다. 그때 아내가 들어왔다. 그는 아내에게 돈 내놓으라며 목청을 높였다.

나는 캐나다에 사는 장모에게 전화를 했다. "전 남편이 아내에게 자꾸 찾아와 돈 달라고 윽박지릅니다." 장모는 "자네 집 사람에게 각서가 있으니 그것을 경찰에 보여줘라."고 하였다. 잠시 후 경찰이 왔다. 우리는 경찰을 따라 파출소에 갔다. 경찰은 아내의 전 남편에게 그 집에 간 이유를 물었다. 그는 아들 보러 갔다고 능청스럽게 말했다. 조사를 하던 경찰은 나를 바라보며 "아들 보러 왔다는데 좀 봐 주시죠." 하였다. 얄미운 태도였다. 비웃으며 놀리는 말 같아서 부아가 치밀었다. 그러나 이성을 잃지 않으려고 가까스로 참았다.

경찰에게 조서의 말미에 이것을 첨부하라며 아내가 가지고 있던 각서의 복사본을 내밀었다. 경찰은 원본도 달라고 했다. 그에게 원본을 보여 주고는 접어 안주머니에 집어넣었다.

나를 조사하던 경찰은 각서를 자세히 읽어보더니 그 남편을 오라고 했다. 다른 경찰이 그 사람을 찾아보았지만 파출소에 없었다. 그날도 지난날과 같이 나 혼자서만 남아 조사를 받았다. 이렇게 해서는 일이 풀리지 않을 것 같았다. 신문사 기자로 있는 조카가 생각났지만, 그길로 경찰서 청문감사관실에 찾아갔다.

내가 찾아온 이유를 경찰에게 자초지종 이야기했다. 이 일이 계속 이어진다면 신문사에도 알리겠다고 말했다. 감사관은 파출소에 전화를 하더니 나를 조사한 사람을 경찰서로 들어오라고 했다.

그 일이 있은 지 3개월 후 전북의 한 경찰서에서 편지가 왔다. 그 사람을 잡아 형무소로 보냈다고 하는 공문형식의 소식이었다. 기뻐해야 할 일이지만 마음은 편하지 않았다.

아내가 말했다. 전 남편이 형을 살고 나오면 틀림없이 또 찾아 올 것이라고. 그때는 지금보다 우리를 훨씬 더 괴롭힐 것이니 걱정이 된다고 했다. 순간 지나간 일들이 악몽처럼 떠올랐다. 아내는 후의 일을 예견이라도 하였던지 같이 살 수가 없으니 이혼을 하잔다. 아들을 데리고 먼 곳으로 가 살겠다고 했다. 이혼을 하자는 그의 얼굴에 근심이 가득 깔려 있었다.

아내는 이삿짐을 쌌다. 재혼 기간은 16개월, 새 가정을 이루어 행복하게 살아보려던 내 꿈이 일장춘몽一場春夢이 되었다. 이삿짐을 실은 트럭이 눈앞에서 가물거리더니 사라졌다. 그것도 정이라고 후련해야 할 가슴이 시리기만 했다.

어느 여인의 눈물

그해 겨울은 몹시도 추웠다. 사무실 전화벨이 요란하게 울렸다. ㅇㅇ동 ㅇㅇ호 집이다. 홈오토 화면이 안 나온다고 한다. 나는 그 아파트 설비기사였지만 구내통신 업무도 함께 맡아보았다. 간단한 공구와 홈오토 화면 부품을 챙겨 그 집을 방문했다.

벨을 눌렀다. 거실 벽면에 붙은 홈오토를 살펴보니 화면이 시커멓다. 기기를 탈착해 분해하고 화면을 바꾸어 벽에다 부착했다. 가느다란 실선을 연결할 때다. 내 손이 선을 제자리에 잇고 있는데, 머릿속에서는 다른 생각이 가득 차올랐다. 넓은 실내는 아름답게 꾸며진 인테리어로 화려했다. 집안의 훈기는 바깥 기온과는 너무나 차이가 났다. 이런 따뜻한 집에 사는 사람이 부러웠다.

추운 겨울에도 기름값이 아까워 보일러 사용을 하지 않는 내 처지가 떠올랐다. 그 순간 시야는 뿌옇게 흐려졌다. 홈오토 내부에 있는 가느다란 전선을 구분하여 연결하려는데 잘 보이지 않았다. 내부 번호에 색깔별로 구분하여 이어야 하는데 앞이 안 보여 맞추어 끼우기가 어려웠다. 몇 번이나 손등으로 눈을 닦은 후 겨우 선을 잇고 피스볼트를 잠갔다.

수리한 홈오토를 점검해 보니 화면이 아주 밝고 선명했다. 주인아주머니는 고마워하며 커피를 내게 건넸다. 또다시 눈앞이 침침해 눈을 닦고 커피를 마셨다. 그 순간 내 모습이 너무 초라해 보였다. 반쯤 마신 커피 잔을 탁자에 내려놓자마자 그 집을 도망치듯이 빠져나왔다.

그날은 늦추위가 더욱 기승을 부렸다. 사무실 경리가 수화기를 내게 건네며 입주민이 찾는다고 했다. 손가락을 가슴에 대며 "나를?" 했다. 그가 고개를 끄덕였다. 어디냐고 물으니 한 달여 전에 홈오토 화면을 교체해 준 집이란다. 무슨 고장인지 확인하자 주민은 "빨리 집으로 오세요." 하였다. 홈오토 화면이 또 안 나오나 하여 불안했지만 화난 말씨가 아니어서 마음이 놓였다. 간단한 도구를 가지고 그 집 벨을 눌렀다.

"어디가 고장입니까?" 하고 물었다. 아주머니는 대답을 하는 대신에 들어오라는 손짓만 계속한다. 준비해 둔 다과를 소반에 담아 왔다. 앉으라는 아주머니의 권유에도 소반 앞에서 엉거주춤하게 서 있기만 했다. 거듭 재촉하는 말의 중력에 그만 소파에 앉았다. 아주머니의 속마음을 모르니 커피 맛이 더욱 소태 같았다. 마음은 온통 그분의 동정만 살피고 있었다. 과일 접시를 보고서도 이 집에 온 이유를 몰라 불안한 마음은 여전했다.

잠시 후, 아주머니는 나를 천천히 바라보며 말을 건넸다. "지난번 우리 집에 와서 홈오토 수리하실 때 내가 혹시 잘못한 것이 있습니까? 아저씨가 눈물을 닦으며 일을 하고, 일 끝나고 커피를 마실 때도 눈물을 흘리셔서 내가 무슨 잘못을 했나 하고 많이 미안했습니다. 그때 물어보고 사과드리려 했는데, 아저씨가 급하게 나가서 물어보지 못했습니다. 늦었지만 이제라도 말씀해 주세요. 지금 사과드릴게요."

그날이 떠올랐다.

"내 소망이라고는 세끼 밥 먹고 따뜻한 방에 잠자는 것뿐입니다. 그런데 이 집에 들어서는 순간 이곳에 사는 분이 그렇게 부러울 수가 없었고, 내가 초라하게 느껴졌습니다. 그 순간 나도 모르게 눈물이 흘렀나 봅니다. 저에게 아들이 하나 있습니다. 아내가 세상을 떠난 후 작은 단칸방에서 둘이 삽니다. 작은 방이지만 아무리 추워도 보일러를 켜지 못합니다. 그때 저 자신의 처지가 떠올라 그랬습니다. 아주머니의 잘못은 하나도 없으니 이해해 주세요."

조용히 자초지종을 듣고 있던 아주머니는 말을 꺼냈다. 그녀는 초등학교 5학년 때 어머니가 세상을 떠났다고 했다. 위로 언니, 오빠 이렇게 삼남매를 남겨두고 아버지는 직장에 다녔다. 아버지는 직장과 자녀 양육을 병행하기가 힘들어 재혼을 하였다. 새어머니는 1년도 채 살지 않고 집을 나가 버렸다. 그 후 일 년이 지난 어느 날 아버지는 또 다른 새어머니를 데리고 들어왔다. 아버지와 두 번째 새어머니가 싸울 때는 비극이 아니라 비참 그 자체였다. 결국 그 여자도 아버지 곁을 떠나고 말았다. 두 새어머니가 왔다간 후, 살고 있던 양옥집을 팔아야 했다. 동네 아주머니들은 "여자가 둘이 왔다 가더니 집 한 채가 날아갔다며 소곤거렸다."고 하였다.

자신이 교육대학 1학년 때 아버지는 세 번째 새어머니를 맞아들였다. 아버지가 새어머니에게 비싼 옷을 사줄 때는 아버지가 미워서 많이 울었다. 아버지와 단둘이 있을 때, 친어머니에게는 그렇게도 인색하시더니 새어머니들에게는 왜 그렇게 잘해 주느냐고 물은 적이 있다. 아버지는 한숨을 내쉬더니 "다 너희들을 위해서다. 내가 새어머니에게 잘해 주면 새어머니도 너희들에게 잘 해줄 거라고 믿었기 때문이다."라고 하셨다.

어린 시절부터 새어머니 밑에서 성장하며 구박을 받았다는

구구절절한 이야기는 소설 같아서 눈시울이 붉어졌다.

네 분의 아내를 두었던 아버지가 생각난다며 눈물을 손등으로 닦는다. "아저씨, 힘드시겠어요. 그러나 아드님이 더 힘들겠어요. 아들 잘 키우세요." 그의 눈에서 눈물이 주르륵 흘렀다. 그 눈물 속에는 못다 한 사연이 담겨져 있는 것 같았다. "세상에 우리 아버지 같은 사람도 있고, 저 같은 사람도 있잖아요?" 할 때 맺혔던 그의 감정이 눈물로 쏟아져 나왔다. 마음이 짠했다. 나도 눈시울이 젖었다.

넓은 아파트에 살고 있는 화려한 겉모습만 보고 그의 말을 듣지 못했더라면, 그분은 마냥 행복한 사람인 줄 알았을 것이다. 긴 시간은 아니지만 잠깐 머무는 동안 그 여인의 뒷면에 숨겨진 눈물의 골짜기를 들여다보는 듯했다.

5부

생각에 대하여

* 긴 여정을 떠나는 물, 물은 낮은 자리부터 먼저 채우고 누구에게나 은혜를 베풀며 목적지로 간다. 그는 연약해 보이지만 세상을 변화시키는 놀라운 능력을 가지고 있다. 그러나 물은 공을 내세우지 않는다.

짝퉁

지하철 안에서나 육교 위에서 간혹 구걸하는 사람을 만난다. 그들을 볼 때면 초라한 행색도 행색이지만 구걸하는 행위를 외면하지 못한다. 어느 철학자는 걸인을 동정하지 말라고 했다. 그 이유는 걸인을 더욱 걸인 되게 하는 것이라는 거였다. 하지만 내 생각은 다르다.

지하철을 타고 갈 때다. 출퇴근 시간에는 보이지 않던 노인 맹인이 선글라스를 끼고, 휴대용 mp3라디오를 허리에 차고, 많이 듣던 음악을 틀어놓고 구걸을 한다. 그가 틀어놓은 음악이 귀에 익은 것이다. 앞을 못 보는 것이 측은하여 소쿠리에 돈을 넣었다.

의아했다. 앞을 못 보는 것은 분명한데 돈을 넣자 곧바로 손으로 집어 호주머니에 넣는다. 장님들은 다른 신경이 발달한다고 하더니 음악 소리도 요란하고 승객들의 말하는 소리도 만만치 않은데 신기했다.

지하철에서 그 노인을 만날 때마다 꼭꼭 작은 지폐 한 장을 넣어주었다. 구걸까지는 안 했지만 나도 지인들의 도움을 받은 지난 시절이 있었다. 그래서 그런 사람을 보면 그냥 지나치지 못한다. 가난한 사람이나 걸인을 보면 적은 돈이지만 못 주면 마음이 그곳으로 뒤돌아서게 한다.

온천장에 갈 때는 육교를 지나서 간다. 하루는 육교 바닥에서 사십대 중반의 남자가 머리와 다리에 붕대를 감은 채 엎드려 돈 담는 소쿠리를 입으로 물고 있는 것을 보았다. 측은했다. '이 돈이라도 모아 국밥이라도 사드세요.' 하는 마음으로 작은 지폐 한 장을 돈 담는 그릇에 넣었다. 그 돈이 소쿠리에 닿자마자 손으로 집어 호주머니에 넣었다.

육교 위에는 그 사람뿐만 아니라 다른 장애자들도 구걸하고 있다. 이런 사람을 보면 적은 돈이지만 그들의 돈 통에 넣어준다.

반찬을 사들고 집으로 돌아가는 길에 그 육교를 지날 때다. 안면이 있는 사람이 붕대를 감고 구걸하던 자리에서 가방을 들고 유유히 걸어간다. 얼마 전까지 엎드려 구걸하던 사람인 듯했다. 다리도 절지 않는다. 머리와 다리에 감았던 붕대도 없다. 멀쩡한 사람이다.

내가 사람을 잘못 보았나 싶어 두리번거렸다. 부근에 있던 노점상과 눈이 마주쳤다. 채소를 파는 할머니가 내게 먼저 말을 건넸다. "아저씨 아까 저 사람에게 돈 주었지요?" "예, 그가 붕대 감고 누워있던 사람이 맞습니까?" 물으니 할머니는 그 사람이 맞다고 대답했다. 속았다는 생각에 허무와 절망 같은 것이 가슴을 적셨다.

붕대를 감고 엎드려 있는 모습은 분명히 장애자였다. 멀쩡한 사람인 줄 몰랐다. 건강한 사람이 어디 가서 노동을 하면 입에 풀칠은 할 텐데 하는 아쉬움이 들었다.

그럼 '가짜' 거지란 말이다. 이곳에서 붕대 감고 누워 있는 것이 노동하는 것보다 편했을까. 가짜가 판을 치는 세상이라더니 가짜 거지도 있구나 싶었다.

지하철을 타고 하단에 갈 때에 차 안에서 음악을 틀어놓고 구걸하던 그 노인이 생각난다. 앞을 못 보는 사람의 손이 그렇게 민첩함을 볼 때에 이상하다 했다. 앞을 보면서도 못 보는 척하고 거지 노릇을 했다는 생각이 미치자 마음이 씁쓰름하다.

장애인들이 이 세상에서 살아남기 위해서는 부모가 재산이 있든지, 아니면 다른 직업을 택한다. 직장을 구할 수 없는 사람은 호구지책으로 구걸을 하는 수밖에 없는 실정이다.

어려운 사람을 의심하는 것은 배려가 아니다. 하지만 짝퉁이 난무하는 요즈음 거지까지 짝퉁이 있다는 것은 정말 예상하지 못했다.

짝퉁이 유행하는 시대다. 가짜인지 진짜인지 구별하기 어렵다. 가짜가 진짜처럼 행세하는 세태라 유쾌하지 못하다.

작대기 신앙

따가운 시선이 두려울 때는 땅바닥을 내려다보는 습관이 있다. 삶이 힘들고 일이 잘 풀리지 않을 때는 하나님이 나를 버리셨나 하는 의심이 들기도 한다. 하지만 이런 마음이 생길 때에는, 어린 시절에 형에게 작대기에 맞아가며 교회 다니던 기억으로 힘을 얻는다.

초등학교에 들어가기 전부터 나는 교회에 다녔다. 사학년 때인 것 같다. 새로 부임해 온 교회 전도사가 우리 집에 왔다. 그는 "너를 만나니 반갑다." 했다. 그날 전도사는 복음에 대해, 하나님에 대해 구체적으로 말해 주었다.

그의 말을 유추해 보면 천지와 만물을 쥐락펴락하는 분이 하나님이라는 것이다. 그분의 아들 예수만 믿으면 하나님이 나의 신령한 아버지가 된다고 했다. 예수를 자세히 모르는 때라 그게 마음대로 되는 것이냐고 물었다. 전도사는 이 사실을 믿기만 하면 된단다. 돈이 들어가는 것도 아니고 믿으면 된다니 그지없이 좋았다. 나만 이렇게 기쁨과 만족을 누릴 것이 아니라 부모와 형제들도 예수를 믿게 하고 싶었다.

우리 마을에서 작은 산 하나를 넘어가면 임포장이 있다. 그 옆에 지서(파출소)가 있었다. 지서 순사와 그의 아들을 유년시절에 본 적이 있다. 까만 교복을 입은 아들이 그의 아버지와 임포장터 주변을 걸어갈 때다. 장터에 모인 사람들이 모두 다 고개를 숙이고 있었다. 알고 보니 순사의 기세와 신분에 꼼짝 못하고 고개를 숙이는 것이다.

지서 순사와 그의 아들이 저렇게 기세가 등등하다 해도, 나는 세상 만물을 쥐락펴락하시는 하나님의 아들이라는데 하는 생각이 미치자 웅크렸던 어깨가 펴졌다. 순사의 아들과 하나님의 아들인 나를 견주어보니 벌써 내 앞길이 꽃길로 펼쳐지는 듯했다. 순간 나도 모르게 당당해졌다.

의기양양한 나는 전도사가 말하는 예배에 한 번도 빠지지 않았다. 그때마다 내 부모와 형제들을 교회에 다닐 수 있도록 간절하게 기도했다. 하지만 아무리 기도해도 부모형제들은 교회에 올 기미가 보이지 않았다. 오히려 내가 교회 다니는 것이 못마땅해 가지 못하게 했다. 하나님을 믿는 것이 이렇게 좋은 줄을 모르는 부모형제가 안타까웠다.

새벽기도회에 다니기 시작한 것은 열두세 살 때쯤으로 기억된다. 새벽기도 가는 것이 즐거웠다. 어느 날 새벽기도 시간에 전도사가 나에게 대표기도를 시켰다. 기도를 시작하자마자 내 몸은 전도사가 설교하는 강대상에 떡하니 서서 바닥에 엎드린 교인들을 보고 기도하는 듯한 현상을 겪었다. 마치 전도사가 기도하는 모습처럼. 기도를 끝내고 '아멘'을 하니 어느새 내 몸은 내 자리에 앉아있는 것이었다.

그날은 전도사가 말하는 설교의 의도를 잘 헤아릴 수 있었다. 그 이후에도 전도사가 새벽기도 시간에 간혹 나에게 기도를 시켰다. 그때도 그런 신비한 현상이 일어났다. 모르긴 해도 그때부터 나의 신앙생활은 더욱 탄력을 받지 않았나 싶다. 그러나 현실은 내 생각대로 되지 않았다. 내가 일요일에 교회 가면 형은 지게 작대기로 나를 때렸다. 그렇게 맞고도 예배시간에 맞춰 교회에 갔다. 맞아가며 교회 가는 것이 외롭고 허전했다. 그러나 전도사의 설교 덕분에 견딜 수 있었다. 노인들이 짚고 다니는 작대기는 지팡이 역할을 하지만, 형의 손에 들려진 작대기는 나를 때리는 몽둥이로 변했다.

아들이 초등학교 사학년 때다. "아빠 통닭 사주세요." 했다.

아들이 먹겠다는데 못 사줄 리가 없었다. 아들은 통닭 다리를 한입에 베어 물고 책가방을 열더니 상장을 내보였다. 오늘 받은 상이란다. 귀하게 얻은 아들인데 그 아들이 공부를 잘해 효도를 하는구나 싶었다. 아들은 상장을 타 올 때마다 통닭을 먹었다. "아빠, 통닭." 하면 돈이 지출되는 것보다 내 기분이 더 좋았다. 아내와 나는 이 애가 학교의 상은 싹쓸이해 온다며 너털웃음을 감추지 못했다.

이런 좋은 일이 되풀이되던 어느 날, 거센 쓰나미가 내게 밀려왔다. 견딜 수 없는 나는 금정산 꼭대기로 도망쳐 올라갔다. 그곳은 나의 기도처이며 피난처였다.

《난 당신이 좋아》라는 책을 읽을 기회가 있었다. 저자는 다드림교회 김병년 목사다. 그의 아내가 셋째 아이를 낳으면서 뇌경색으로 쓰러져 지금까지 식물인간으로 누워 있다. 그 책에 이런 말이 있었다. "하나님, 우리 집에 한 번만 와 주십시오." 그의 애절한 기도는 내 마음을 후벼팠다. 나도 그와 비슷한 기도를 해 본 적이 있기 때문이다. 그런 기도를 해보지 않은 사람은 하나님을 간절히 부르는 자의 심정을 모른다.

《성경》에 보면 나면서부터 맹인이 된 자가 있다. 제자들이 예수에게 이 사람이 맹인으로 난 것이 자기의 죄인지 부모의 죄인지 물었다. 예수는 그가 맹인된 것은 본인의 죄도, 부모의 죄도 아니라고 했다. 하나님을 믿는 사람이라고 고난을 당하지 않는 것은 아니었다. 《성경》에서도 많은 사람이 고난 당하는 것을 보았다.

나라고, 찬송가 가사처럼 "무슨 일을 만나든지 만사형통하리라."는 것은 아니다. 기독교인이 그렇게 되기를 찬송할 뿐이다. 고난은 사람마다 다른 것이며 신앙인이라고 비켜갈 수는 없을 것이다. 오늘의 고통도 작대기 맞는 심정으로 견디며 살아간다.

혀 밑에 도끼

비가 오는 날이면 독서를 한다. 오늘 펼친 책은 사마천의 《사기》이다. 《사기》는 행간이 아주 깊다. 읽고 또 읽어도 잔잔한 전율이 느껴진다. 중국 위인들의 전기를 보면 말과 행동의 중요성을 깨치게 된다.

입 속에는 세 치밖에 되지 않는 혀가 있다. 그 짧은 혀는 놀라운 능력을 발휘한다. 말 한마디에 스스로 재앙을 받을 수도 있고, 나라까지 구할 수 있다. 혀는 그만큼 위력이 대단하다. 입은 소화기의 입구이며 공기의 출입구다. 인간의 인체구조에 입과 혀는 음식을 목으로 넘기는 역할을 할 뿐만 아니라 말을 할 수 있는 중요한 기관이다.

중국 춘추시대 말기 조나라는 진나라의 침략을 받고 풍전등화의 운명을 맞았다. 사정이 다급해지자 조나라는 이웃 초나라에 특사를 급파하여 구원을 청할 수밖에 없었다. 그 임무를 맡은 사람이 평원군(조왕의 삼촌 조승)이었다. 초나라 왕을 설득하기 위해 용기와 완력이 뛰어나고 문무를 갖춘 자 20명을 문하에서 뽑기로 했다.

제자가 삼천 명이나 있어도 그런 큰 임무를 수행할 만한 인물을 고르는 것은 여간 어려운 일이 아니었다. 평원군은 덕망 있고 지혜롭다고 해도 인재를 고르는 데는 둔재였나 보다. 겨우 열아홉 명은 골랐으나 나머지 한 명을 찾지 못했다.

마침 그때 하등으로 분류되던 빈객 중에 '모수'라 하는 자가 있었다. 그는 선뜻 나서서 자기를 데리고 가 달라고 평원군에게 자청했다. 평원군은 모수를 물끄러미 바라보며 "선생은 나의 문하에 있은 지가 몇 해나 되었소?" "3년입니다." "낭중지추 囊中之錐라는 말이 있는데 함께 기거한 지가 오래되었지만 송곳 끝을 보인 적이 없지 않소. 내 측근들에게 삼 년 동안이나 칭찬하는 말을 들은 적이 없는 것을 보면 능력이 없는 것이 아닌가요?" 하고 평원군이 묻자 모수는 "저를 자루 속에 넣어만 주시면 송곳 끝이 아니라 송곳 자루까지도 내보이겠습니다."라고 대답했다. 평원군은 썩 내키지 않았다. 하지만 시간은 촉박하고 마땅한 사람이 없어 그를 데리고 가기로 결심했다.

평원군은 초나라에 가기 전에 조왕에게 말했다. 뜻대로 이루어지지 않을 경우 초나라의 대궐에 피를 뿌려서라도 기필코 동맹을 약속받고 돌아오겠다고 했다. 평원군 일행이 초나라에 당도하여 효열왕을 만났다. 조나라의 평원군은 초나라 왕에게 동맹 문제를 설득하였다. 그러나 초나라 효열왕은 여러 가지 이유를 따지며 쉽게 들어주지 않았다. 조나라로서는 한시가 급했다. 초나라 왕의 태도는 갈수록 차갑고 무관심했다.

그때였다. 모수가 칼자루를 잡고 계단을 뛰어오르며 크게 말했다. 아침부터 시작하여 반나절이 지났는데 아직까지 결정을 못 보았다니 어찌된 일입니까? 모수의 당돌함에 초나라 왕이 황당해하며 그의 무례를 심히 꾸짖었다. 초나라 왕의 말이지만 모수는 조금도 신경 쓰지 아니하고 막무가내로 말했다.

모수의 대담함에 깜짝 놀란 효열왕은 화를 가라앉히고 태연하게 그의 말을 듣었다. 그리고 결국 모수의 옳고 그름의 말에 설득 당했다. 효열왕은 "그대의 말이 옳다, 그대의 말을 따르겠다."며 바로 조나라와 동맹을 맺었다. 초 · 조나라의 동맹군은 진나라의 군사를 물리쳤다. 조나라는 위기에서 벗어났다. 그 후로 평원군은 항상 모수를 우측에 앉게 하였다.

어느 날 평원군의 애첩이 누각에서 한 절름발이의 걸음이 기우뚱거리는 것을 보고 비웃으며 크게 웃었다. 이튿날 그 절름발이가 평원군을 찾아가 말했다. 소아마비로 절름거리는 내 모습을 보고 비웃은 "후궁의 목을 주십시오."라고 했다. 평원군은 어처구니없다는 듯한 표정을 짓고 그를 돌려보냈다. 결국 평원군은 그 애첩을 죽이지 않았다. 후궁이 절름발이를 비웃었다는 소문이 온 마을에 퍼지자 평원군의 빈객들이 하나둘 떠나기 시작했다.

그러기를 일 년 남짓 사이에 빈객이 절반밖에 남지 않았다. 근심에 싸인 평원군에게 문하생 중 한 사람이 말했다. "나리께서 절름발이를 비웃은 후궁을 죽이지 않았기 때문입니다."라고 말하자 평원군은 후궁의 목을 베어 그 절름발이에게 가서 사과했다.

구약성서 일곱 번째 책 《사사기》에 '삼손과 들릴라'의 이야기가 나온다. 삼손은 초인적인 힘을 가진 사람이다. 그는 사자를 맨손으로 찢어 죽였고, 나귀의 턱뼈 하나로 블레셋 사람 일천여 명을 죽였다고 기록되어 있다. 힘의 원천은 삼손의 머리털에 있었다. 그 비밀을 들릴라에게 알려 준 것이 재앙의 근원이었다.

삼손이 들릴라의 무릎을 베고 잠든 사이 블레셋 사람들이 그의 머리털을 면도칼로 밀어 없앴다. 그리고 밧줄로 묶어버렸다. 머리털이 없는 삼손은 더 이상 힘을 쓸 수가 없었다. 결국 두 눈을 뽑히고 옥중에서 맷돌을 돌리는 신세로 전락하고 말았다.

세 치 혀는 이렇게 큰 위력을 가지고 있다. 말조심을 해야 한다. 한번 내뱉은 말은 다시 주워 담을 수가 없다.

몇 년 전이다. 뉴스에서 모 총리 후보자는 말 한마디 잘못해서 언론의 뭇매를 맞았다. 그는 유명세를 타는 사람이다. 국민들의 따가운 눈총이 그에게 쏟아졌다. 그는 결국 총리 후보에서 낙마했다. 자신의 세 치 혀에서 나온 말 한마디로 스스로 총리 후보에서 잘려 나갔다. 남에게 상처를 주거나 오해를 불러일으킬 말을 하면 어떠한 지위에 있을지라도 존경받을 수 없다. 혀 밑에 도끼가 숨어 있다.

탁구가 좋아

똑딱, 똑딱! 탁구 치는 재미가 쏠쏠하다.

내 나이보다 아래이지만 형님 같은 분이 있다. 나이 어린 할아버지는 있어도 나이 적은 형은 없는 법이다. 하지만 나는 그 분을 '나이 적은 형'이라 생각하기를 주저하지 않는다. 사람 됨됨이가 형다우면 그가 곧 형인 것이다. 그가 내게 탁구를 치면 몸에 좋다고 권했다. 돈을 들이지 않고도 레슨을 받을 수 있다고 했다. 어디 그런 곳이 있는지 물었다.

어느 교회에서 탁구 교실을 열었는데 벌써 몇 년째가 된다고 한다. 시 노인복지과에서 지원하는 선생이 탁구를 지도한단다.

그래서 공짜로 레슨을 받을 수 있는 좋은 기회다. 우리 나이에는 건강에 좋고 경제적 부담도 없다. 마음이 쏠려 바로 등록을 했다.

탁구 레슨이 시작되었다. 선생님이 공을 던져 주면 그걸 받아 넘기면 된다. 쉬울 것 같지만 생각 같지 않다. 나이 탓일까? 내가 탁구공을 잘못 맞추는 것을 보고 선생은 실망하는 눈빛이 역력한 것 같다. 탁구선생은 두 번, 세 번 나에게 라켓 잡는 법과 자세를 가르쳐 주지만, 폼 잡으랴 넘어오는 공 받아치랴 영 정신이 없다.

막냇동생이 해운대에 살고 있다. 목요일에 만나 점심을 같이 먹자는 연락이 왔다. 목요일과 금요일은 오전 열 시부터 탁구 레슨을 받는 날이라 동생과의 점심 약속은 자연히 뒤로 미루어졌다. 동생은 다음 주 월요일에 온다기에 그렇게 하라고 했다.

집에 들어온 동생의 웃는 얼굴이 불그스레하다. 무슨 좋은 일이 있냐고 물었다. 동생은 탁구 라켓을 내보이며 형님과 탁구 한 번 치러왔다고 했다. 그날부터 동생과 치기 시작한 탁구가 벌써 6개월이 넘었다. 일주일에 한 번씩 내가 동생이 사는 동네로 가거나 아니면 동생이 내가 사는 동네로 온다. 실력은 하늘과 땅 차이지만 형제간에 운동을 하며 땀을 흘리니 우애가 더하는 것 같았다.

무슨 일이든지 열심히 몰두하다 보면 육체는 고단하여도 무거웠던 머리는 가벼워진다. 정신을 쏟아 탁구를 한참 치고 나면 머리뿐만 아니라 온몸도 가벼워짐을 느낀다. 바둑을 둘 때도 그렇다. 바둑을 잘 두지 못하지만 그런 현상이 일어난다. 직장에서 일이 잘 풀리지 않아 마음이 어지러울 때가 있었다. 그럴 때 퇴근길에 기원에 들어가 맞수와 바둑을 두었다. 정신을 반상에 쏟고, 공격과 수비를 적절히 하며 두어 시간 정도 바둑을 두면 스트레스가 풀리고 머리도 가벼워졌다.

바둑이 두뇌 운동이라면 탁구는 온몸을 움직이는 육체 운동이다. 탁구를 치는 다른 사람들의 마음은 어떨지 모르겠지만 나는 탁구를 바둑처럼 스트레스를 풀려고 치는 게 아니다. 바둑은 장고長考라는 수읽기 시간이 있다. 그렇지만 탁구는 장고를 할 수 없다. 공이 넘어 오는 즉시 상대방에게 보내야 한다.

처음 탁구를 배울 때는 헛손질을 많이 했다. 그러던 내가 탁구를 배운 지 두 달이 지날 때쯤부터 넘겨준 공이 선생이 가리키는 곳에 가서 내리꽂힌다. 옆에서 '우이 싸' 소리를 지르며 응원을 보내 준다. 나 역시 너털웃음으로 응수한다. 한 20분 동안 뛰고 나면 마음도 몸도 가뿐하다.

탁구에도 중용中庸의 미덕이 필요하다. 탁구를 치면서 몸을 움직이고 감정 조절하는 것과, 앉아서 바둑을 두며 감정을 조절하는 것은 모두 다 중용의 미덕이다. 너무 강해도 안 되고 너무 약해도 안 된다. 공격만이 능사가 아니고, 그렇다고 수비만이 능사도 아니다. 강과 약이 조화를 맞춰야 실수가 적다. 탁구에서도 나름의 지혜를 배우게 한다.

때로는 복식 게임도 한다. 우리들의 복식탁구는 승패에 매달리지 않는다. 이겨도 재미있고 져도 재미가 있다. 다만 지거나 이긴 후에 느끼는 기분이 조금 다를 뿐이다.

이제는 탁구공이 라켓에 맞을 때에 감각을 알겠다. 주변 사람들이 나아진 나의 탁구 치는 실력을 보고 칭찬을 많이 해준다. 그분들의 입에 발린 인사인지 모르겠지만 내 기분은 둥둥 뜨는 것 같다.

탁구를 잘 치는 사람은 날아오는 공을 보고 치는 것이 아니라 공이 라켓에 맞는 소리를 듣고 반응한다고 한다. 내 탁구 실력은 언제 그 경지에 들어갈 수 있을까?

탁구를 가르치는 선생의 나이는 희수喜壽이고, 이곳에 탁구를 배우려고 오는 사람들도 대개 그 어름이다. 나도 탁구를 치다 보면 앞으로는 실력이 좋아질 것 같다. 가만히 생각해 보니 '나이 적은 형'의 말을 잘 들었다고 여겨진다. 건강에도 좋으니 재미 삼아 탁구를 계속 치고 싶다.

눈을 감았다. 불을 끄고 잠자리에 든다. 내일은 탁구 교실 가는 날, 어느 덧 머릿속은 똑딱똑딱 하얀 탁구공 소리만 가득하다.

기울어 가는 내 노년에 탁구 치는 일이 하나 더 생겼으니 이 또한 행복하고 감사한 일이 아닌가.

생각에 대하여

임경대에서 낙동강을 내려다본다. 강물색은 산홋빛이다. 내가 서 있는 곳과 낙동강의 거리가 멀어서 그렇게 보이는 건가. 낙동강 발원지는 태백산 황지의 깊은 계곡 작은 옹달샘이다. 그 물이 강원도를 거쳐 경상남북도와 부산광역시를 지나가는 동안 고기를 키우고 들판의 곡식을 살찌우며 바다로 간다.

물은 낮은 곳으로 더 낮은 곳으로 흘러가다가 구덩이가 있으면 그곳을 완전히 채우고 수평을 이뤄 흘러간다.

'수지일색水之一色,' 물은 한 가지 색으로 흐른다는 뜻이다. 깨끗한 산골물이든 더러운 개골창 물이든, 비 온 뒤 흙탕물이든,

물과 물이 합해 큰물이 되면 출신과 성분을 가리지 않고 함께 바다로 흘러간다. 물은 무엇이든지 덮어주고 하나가 되어 흐른다.

느릿하게 가다가도 창창히 달려가고, 때로는 소용돌이치면서 소쿠라지며 바다로 흘러든다. 강변 너머에서 울리는 높은 곳으로 가라는 소리를 못들은 체, 목적지를 향해 묵묵히 간다. 물은 온 힘을 다해 바다로 간다. 빨리 가라고 등을 떠밀지 않고 서로 어깨를 맞대고 간다.

고통을 안고 함께 간다. 가다가 힘겹다고 한자리에 오래 머물면 썩는다는 것도 안다. 그래서 평온함을 누리며 머물러 있지 않는다. 여울에서 감돌다가 청류도 되고 탁류도 되면서 흐른다. 물은 바다가 가까워지면 천천히 숨을 고른다.

교회도 수지일색水之一色, 이런 이치가 적용되었으면 좋겠다. 영생(복음)의 대상은 '누구든지'이다. 배움의 기회를 놓쳐서 무식한 사람도, 가난한 사람도, 지위가 없는 천한 사람도, 마음의 상처를 가진 사람도, 육신의 상처를 입은 사람도 제외하지 않는다.

돈이 많은 사람과 권력이 있는 사람이 교회에서 일은 많이 한다. 그들의 공로는 인정하되, 일을 못 하는 사람과의 차별은 없는 곳이 교회여야 한다. 그렇다면 교회 지도자들도 수지일색 같음이 마땅하다. 교회 지도자들의 잘못한 말 한마디로 연약한 성도들이 깊은 상처를 받아 넘어지는 경우가 종종 있다. 이는 교회의 본질에서 벗어난 일이다.

유명세를 타는 사람에게 칭찬과 응원을 보내는 것도 중요하다. 하지만 소외된 자, 억눌리고 연약한 자를 위로하며 격려하고 도와주는 것이 더 중요한 교회의 사명이지 않을까 싶다. 그들이 행렬에서 이탈하지 않도록 돌봐 주는 그런 교회가 아쉬운 요즈음이다.

친구에게서 이런 말을 들었다. 요즘 가나안 성도가 많이 있다는 말이다. 생전 처음 듣는 말이라 그 뜻을 이해하지 못해 한동안 어리둥절했다. 그 친구는 쓴웃음을 머금고 가나안 성도란 "교회에 '안 나가.'를 선언한 그리스도인들" 이라고 했다. 이야기를 듣고 나니 마음이 씁쓸했다.

그는 오늘날의 교회가 교회다움을 잃었다는 것이다. 교회는 개혁되어야 한다고 끊임없이 외쳐대지만, 그 말이 제발 공염불이 되지 않았으면 좋겠다고 했다. "지극히 작은 자 하나에게 한 것이 곧 내게 한 것이다."라고 《성경》에 기록되어 있는데. 오늘날 교회는 그렇지 못해서 친구가 이런 말을 하지 않았나 싶다.

어느 주일이다. 교회에 들어갈 때부터 친구가 한 말이 머리에 가득 차 마음이 어지러웠다. 찬송가 372장의 피아노 반주음이 흘러나왔다. "나 심히 괴롭습니다 오~주님…." 친구의 말소리와 피아노음까지 한꺼번에 밀려와 가슴을 긁었다. 마음의 상처나 고난 중에 있는 사람도 나무나 풀처럼 아픔을 이겨내며 제자리를 지킬 수는 없었을까? 교회를 떠난 그들을 생각하니 마음이 흔들린다.

최상의 선善은 물과 같은 것이다(상선약수上善若水). 노자의 《도덕경》에 나오는 글이다. 물은 바위를 뚫을 힘을 가졌으나 뚫으려 하지 않고 비켜 돌아간다. 언뜻 보면 흘려버릴 말이지만, 성도들의 가슴에 간직해야 할 교훈이다.

세상에서 조금 비켜선 사람의 시각이 때로는 세상을 가장 정확하게 본다고 했다. 그렇다면 지금 교회에서 비켜서 있는 사람이 교회를 가장 정확하게 볼 수 있다는 것이 아닐까?

긴 여정을 떠나는 물, 물은 낮은 자리부터 먼저 채우고 누구에게나 은혜를 베풀며 목적지로 간다. 그는 연약해 보이지만 세상을 변화시키는 놀라운 능력을 가지고 있다. 그러나 물은 공을 내세우지 않는다. 유유히 흐르는 낙동강을 바라보면 마음이 편안하다.

불꽃

눈에 보이지 않던 그것들이 오묘하고 찬란하게 보인다. 자연이 신비스럽다.

과거를 뒤돌아본다. 1980년대의 어느 시기, 6년여 동안의 일상은 토요일, 일요일이 없었다. 한 주가 월,화,수,목,금,금,금요일이었다. 토요일에 일찍 집에 들어가는 날이 일 년에 열 손가락 안에 들까 말까였다. 그 직장이 공기업도 아니고 그렇다고 큰 회사도 아니다. 종교의 교리를 따르는 곳이다.

나를 고용한 사람은 간혹 이른 아침 조찬모임에 나갔다. 저녁에 또한 주 2회 정도는 야간 학교에 강의하러 다녔다. 그를 태우고 다니지 않는 낮에는 내가 집에 가서 쉬는 게 아니다. 근무처에서 운전을 했다. 일주일에 두 번 정도는 저녁 열한 시가 넘어야 집에 들어갔다. 그땐 정말 경상도 표현으로 '쌔빠지게' 일했다. 육체도 고단했지만 정신적 스트레스도 쌓였다. 조물주가 정해준 안식일은 내게 엄두도 못 내었다.

그 직장 사람들은 대개 월요일에 쉰다. 나를 고용한 사람은 운전을 할 줄 몰랐다. 월요일에도 나를 나오라고 하여 자기 개인 활동에 운전을 하게 했다. 요즘 같이 배부른 시대라면 그 직장을 때려치우고 나오기나 하겠지만 그때의 내 형편은 호구지책이 급선무였다. 그렇게 했다면 당장 해고당하기 십상이었다. 직장 구하기가 어려운 시대라 그러지도 못했다. 결국 나는 병이 들어 그 직장에서 나왔다. 내가 그만큼 못나고 어리석었다는 생각이 든다.

조금만 먹어도 토해내었다. 온몸은 쇳덩이처럼 무거워 움직이기가 싫었다. 간신히 병원을 찾았더니 의사는 B형 간염이라고 했다. 처방전을 만들어 주며 쉬라고 한다. 쉬지 않으면 안 된다고 일러주었다. 주변 사람들은 내가 회복되기 어렵다고 소곤거렸다. 그 말이 내 귀에 들리니까 몹시 가슴이 아팠다. 이렇게 죽느니 하나님께 간절히 기도해 보기로 마음먹었다.

금식기도 하기로 마음을 다잡고 아내에게 내 생각을 전했다. 아내는 펄쩍 뛰었다. 영양이 듬뿍 든 음식을 먹어도 회복이 될

까 말까 하는데 금식은 무슨 금식이냐고 했다. 이리 죽으나 저리 죽으나 인생이 태어나서 죽기 마련인데 조금 젊어 죽는 것뿐이 아니냐며 아내를 달랬다. 그때서야 나의 결심을 알고 가족이 같이 금식에 동참하기로 했다. 우리는 기도원으로 갔다.

나는 사흘을, 아내는 이틀을, 다섯 살이던 아들은 하루를 이렇게 금식하기로 정하고, 금식 첫날부터 아내와 아들이 함께 동참했다. 첫날이 지나고 둘째 날이다. 어린 아들은 배고프다며 밥달라고 울먹인다. "아빠 엄마 말 잘 들을게요." 하며 닭똥 같은 눈물을 흘린다. 어린것이 무슨 죄가 있다고, 죄가 있다면 이 아비의 죄인데 하는 생각이 미치자 가슴이 저미었다. 어린 아이가 세 끼를 굶는 일은 무척 힘들었나 보다.

아내에게 아이는 금식이 끝났으니 밥을 먹이라고 했다. 이튿날 저녁, 창자가 끊어질 듯이 아팠다. 내가 죽으면 아내와 어린것의 미래가 걱정되었다. 금식 삼 일째 되는 밤에 통증이 너무 심해 견딜 수가 없었다. 오른쪽 다리가 펴지질 않았다. 아픈 배를 두 손으로 안고 있어도 아무 소용이 없었다. 저녁 기도회를 간신히 마치고 나니 벽시계의 시침이 열 시를 조금 지났다. 같이 기도하던 사람들은 자는지 예배당 안이 조용했다. 소등한 불빛은 내 인생을 다 삼키고 얼마 남지 않은 것처럼 희미했다.

나는 아무도 없는 황량한 산비탈에 기진맥진하여 홀로 서 있었다. 그때 체격이 우람하고 얼굴이 시커멓게 생긴 사람이 나를 죽인다고 쫓아온다. 도망을 쳤다. 한참을 뛰고 나니 숨이 차고 죽을 지경이다. 더 이상은 뛰어갈 수가 없었다. 그때다. 갑자기 흰옷을 입은 사람이 내 앞에 나타났다. 나를 잡아 죽이려고 하던 사람보다 더 큰 사람이다. 그는 나를 그의 뒤에 숨으라고 했다. 그러는 순간 나를 잡으려는 사람이 그와 마주보고 섰을 때 그를 마른 나뭇가지 꺾듯이 꺾었다. 나를 쫓아오던 그는 쓰러져 죽었다.

안도의 한숨을 내쉬며 나를 구해준 그에게 고맙다는 인사를 하려는 순간 나는 꿈에서 깨어났다. 벽시계를 보니 새벽기도 시간 전이었다. 예전과 같이 기도하려고 몸을 움직여 보니 이상했다. 그렇게도 아프던 몸이 아프지 않다. 아픈 다리를 오므렸다 폈다 해봤다. 그래도 아픈 곳이 없다. 견디기 힘들던 통증이 흔적도 없이 사라졌다. 내 정신이 이상한가? 꿈인지 생시인지 옆에 자던 아내를 흔들어 깨웠다.

아내는 내 얼굴을 보고 깜짝 놀랐다. 웬 땀을 이렇게 많이 흘렸냐고 했다. 수건을 꺼내 얼굴을 닦아주며 아픈 데는 어떠냐고 물었다. 나는 끊어질 것 같은 뱃속 창자도 안 아프고, 다리도 아프지 않다고 말했다. 아내는 목과 등을 닦아주며 "당신의 얼굴에 빛이 난다."며 신기해 했다.

아내와 대화를 나누고 있었지만 이게 꿈인지 생시인지 도무지 알 수가 없었다. 이미 새벽기도회 시간이 되었다. 새벽예배를 마치고 창밖을 내다보았다. 어둠이 사라지기 시작했다. 어젯밤에 있었던 일들이 영화의 한 장면처럼 머릿속에서 생생하게 지나갔다.

그 일이 있은 후부터 몸이 빠른 속도로 회복되었다. 꿈에 나타난 두 사람에 대한 이야기를 함께 기도하던 사람들에게 말했다. 다들 조용히 듣고 있었다.

2주가 지난 후 병원에 가서 건강검진을 받았다. 몸에 B형 항체가 생겼다며 의사는 기쁘게 말해 주었다. 그는 전에 검사했던 내 기록카드를 보여주었다. 도무지 예상하지 못한 기쁜 일이었다.

내가 나온 후, 후임자가 그 직장에 들어갔다. 그 후임자도 나와 같이 B형 간염에 걸렸다. 그 사람 역시 그 직장을 그만두었다. 몇 년을 요양하더니, 새파란 나이에 세상을 떠났다.

이제야 꽃을 꽃으로 볼 수 있는 눈이 열렸다. 불꽃으로 핀 꽃이 이제야 보인다. 어설픈 감정이지만 채색하지 않은 그대로의 꽃, 불꽃이 보인다.

첫 문학기행

봄이라지만 아침이라 꽤 쌀쌀하다. 그동안 무엇에 매여 살았는지 아직까지 여행의 즐거움을 누려보지 못했다. 부경수필문인협회에서 문학기행을 간다기에 따라나섰다. 문학기행은 처음이다.

구형왕릉을 비롯하여 여러 곳을 둘러본다고 한다. 날씨도 쾌청해 내 마음도 부풀었다. 임원들이 간식을 나누어 준다. 과일과 떡 등 여러 가지로 먹을거리가 푸짐하다. 관광버스는 신나는 내 마음처럼 잘도 달린다. 회장님의 인사말에 이어 순서에 따라 자기소개를 한다. 문학에 농익은 그들의 말솜씨에 글 향기가 묻어난다. 내 순서가 되었다. 나는 대뜸 "문학기행이 처음입니다."라고 말했다. "우와" 하며 모두다 손뼉을 쳐주었다.

먼저 도착한 곳은 산청군 금서면 화계리이다. 왕릉으로 올라가는 길목에 유의태약수터 표지가 있다. 더 올라가니 왕산과 필봉산이라는 표지판도 있다. 조금 더 올라가니 거대한 돌무덤이 보인다.

왕릉을 들어가려면 홍살문을 지나가야 했다. 사자 암수 한 쌍이 홍살문을 지키고 있다. 능의 좌우에는 무인석과 문인석이 두 점씩 서 있어 들어가는 이들을 경계하고 있는 듯했다. 이곳이 금관가야왕국 500년 역사의 마지막 왕인 구형왕릉이다.

오직 돌로만 쌓은 왕릉은 자연석을 기단식으로 맞물리게 단단히 쌓아올려 만들었다. 높이는 7.15m라 한다. 돌무덤의 앞 중앙에 "가락국 양양왕릉"이라고 쓰인 비석이 있다. 구형왕은 김유신의 증조부로, 521년에 왕이 되었다가 532년에 신라 법흥왕에게 영토를 넘겨 줄 때까지 11년간 가락국왕으로 지냈다.

양양왕이라는 칭호는 전쟁을 하지 않고 나라를 선양했다 하여 붙여진 이름이다. 구형왕은 "나라를 버린 왕이 어찌 흙속에 묻히리. 그냥 돌로 나의 무덤을 만들라."라고 하여 흙이 아닌 돌로 만들어졌다고 한다. 왕릉의 중앙에는 감실龕室도 있다. 수많은 돌마다 아름다운 석화가 피어 있다. 그러나 흙속에 잠들지 못한 왕이라 그런지 능비가 비뚜름하게 서 있다. 이제 버스는 함양군 안의면 월림리에 있는 농월정으로 간다. '농월정'이란 달을 희롱하여 풍류를 즐기는 정자라는 뜻이다. 울창한 숲이 어우러진 곳에 농월정이 있었는데 불타 없어지고 쓸쓸히 터만 남아있다. 하지만 계곡 풍광은 표현하기 어려울 정도로 그지없이 아름답다. 크기를 가늠할 수 없는 거대한 너럭바위가 떼 지어 누워 있다. 반지르르한 너럭바위를 손가락 끝으로 만져 보았다. 표면이 비단같이 매끄럽다. 냇가의 단풍나무 잎은 빨간 꽃잎 같고 길바닥에 떨어진 이파리는 젊은 여인의 선혈처럼 붉다.

이 고장의 박명부 선비는 농월정에서 머물며 세월을 보냈다고 한다. 울창한 송림과 깨끗한 물, 백옥 같은 너럭바위가 절경을 이루고 있으니 그의 정신을 붙잡을 만도 했을 것 같다. 이 아름다운 풍경을 뒤로하고 못내 아쉬운 발걸음을 옮겼다.

함양군 서하면 봉전마을 어귀 국도변이다. 군자정과 거연정이 어느 정도의 거리를 두고 나란히 있다. 군자정과 거연정의 기둥들은 힘없는 노인처럼 무거운 지붕을 힘겹게 떠받치고 있다. 비록 건물은 낡고 늙었지만 옛 선조들의 건축미를 헤아리게 한다.

큰 너럭바위에 올라앉은 군자정은 조선의 문신이자 학자였던 정여창 선생을 기려 후학들이 정자를 짓고 이름을 '군자정'이라 했다. 정여창은 무오사화 때 유배지에서 죽음을 당했고,

갑자사화 때는 부관참시를 당해 두 번이나 죽는 수모를 겪었다. 두 번씩이나 죽음을 당한 정여창 선생을 생각하니 힘과 권력 앞에 희생된 사람이 얼마나 슬프고 가련한 것인지를 느끼게 된다.

옆에 있는 거연정으로 갔다. 거연정이라는 이름은 자연에 기거하면서 세상사를 잊는다는 의미이다. 그 시대에도 지금처럼 세상 돌아가는 것이 복잡하여 근심 걱정이 많았던 모양이다. 거연정에는 특이하게 마루 한쪽에 작은 방 한 칸이 있었다. 우리는 방과 마루에 둘러앉았다. 문우 중 한 사람이 시를 낭송하니 옛 선비가 된 양 어엿해졌다.

그곳을 떠나 논개의 무덤이 있는 곳으로 버스는 달린다. 논개의 아버지 주달문 씨는 사십이 넘어 딸 논개를 낳았다. 논개의 생년월일 사주가 갑술년, 갑술월, 갑술일, 갑술시 이른바 4갑술이었다. 술해는 개띠이니, 부인을 위로해 주기 위해 '개를 낳았다.' 하여 노은개, 논개라는 이름을 지어주었다고 한다.

함양군 서상면 금당리 산 31번지 속칭 탑시골에 도착했다. 뚜벅뚜벅 걸어 수많은 계단을 올라 묘 앞에 다가섰다. 상석에는 "義巖新安朱氏之墓"라고 쓰여 있다. 논개의 무덤 바로 뒤에는 논개의 남편인 최경회 장군의 묘도 있었다. 임진왜란이 발발한 지 일 년 후 진주성이 함락 당하자 진주를 지키던 최경회 장수는 남강에 몸을 던졌다. 남편이 죽자 논개는 왜놈들을 복수하고자 기생으로 분장하고 일본장수 게야무라에게 접근하여 함께 남강에 투신해 죽었다.

남편을 따라 고귀한 목숨을 바친 논개. 논개의 본가를 보기 위해 육십령 고개를 넘는다. 바람도 울고 넘는다는 고개는 해발 734m다. 옛날에는 이 고개에 도적 떼가 많아서 육십 명이 함께 재를 넘었다 하여 붙여진 이름이란다. 차창 밖 산봉우리는 하얀 눈을 이고 있다. 전북 장수군 장계면 주촌 논개의 생가에 도착했다. 논개 생가는 말끔하게 복원해 놓았다.

돌아오는 길에 눈길이 이끄는 식당에서 만찬을 즐겼다. 앞으로 가능하면 문학기행에 꼭 참석해야겠다고 생각했다. 지도 교수님과 회장님을 비롯한 여러 임원들의 수고에 감사한다.

옹이

되돌려 기억하고 싶지 않은 때가 있다. 기댈 언덕이 있었으면 했지만 내겐 버팀목이 되어주는 사람이 없었다. 지푸라기라도 잡는 심정으로 구역 담당 권찰집사에게 심방尋訪예배를 원한다고 부탁했다.

흔히, 남편이 가정의 기둥이라고들 말한다. 나는 아내도 가정의 기둥 같은 존재라는 사실을 그의 빈자리에서 깨달았다. 예배를 부탁한 지 일 년이 지나고 이 년이 다 되었지만 아무런 소식이 없었다. 초초한 나는 담당 집사에게 전화하여 심방을 안 오는지 물어보았다.

그의 대답은 충격적이었다. "집사님! 그것도 몰라요? 남자만 있는 집에 누가 심방 간다고 합디까?"라고 한다. 그 말을 듣는 순간 날카로운 사금파리 하나가 내 가슴을 긋고 지나가는 것 같았다. 그 당시 우리 교회에는 심방해줄 만한 인도자가 네 명이나 있었다. 권찰에게 심방 요청을 한 것이 후회가 되었다. 차라리 물어보지나 말 걸 그랬나 싶었다. 소외감이 사람을 얼마나 비참하게 하는가를 절절이 느꼈다.

임대 기간이 끝나 방세를 올려 줄 형편이 못 되어 이사를 했다. 내가 다니는 교회와 거리가 멀어졌다. 차를 두 번씩이나 환승하든지 그렇지 않으면 많이 걸어야 했다. 집 근처 교회에 가서 예배를 드렸다. 어느 날 그 교회에서 내가 사는 집에 심방尋訪 온다고 했다. 넉넉지 못한 내 삶을 그들에게 보이고 싶지 않았다. 또한 이사하기 전에 다니던 교회 권찰에게 들었던 매서운 말 한마디가 내 가슴에 여전히 박혀 있던 터라 심방 온다는 말을 귀담아 듣지 않았다.

그 교회 전도사는 나를 볼 때마다 심방 받으라고 거듭 말했다. 주저주저하다가 그만 심방 받는 것을 승낙하고 말았다. 청소를 하고 지저분하게 널브러져 있는 것들을 깨끗이 정리한 다음, 그들을 맞이하였다. 그런데 이상했다. 반지르르 윤기 나는 옷을 입은 여인은 방에 앉지도 않고 서서 방안의 가재도구와 나를 번갈아 보았다. 내 생각과는 전혀 다른 반응을 보였다. 나를 얕잡아 보는 불쾌한 태도였지만 어쩔 수 없었다.

잠시 후, 전도사가 내가 살아가는 일에 대해 물었다. 살얼음 위를 걷는 위태로운 심정이었지만 잘 지내고 있다고 대답했다. 다만, 나는 어른이니까 참고 견딜 수 있지만, 아들이 불쌍하다고 부언하였다. 한두 마디의 대화가 오간 다음 예배가 시작되었다. 내 가정을 위해 기도하는 여인이 대뜸 "이 집의 아들이 우상이 되지 않게 해 주십시오." 하고 말했다. 그 기도는 언어도단이었다. 순간 화가 치밀어 올랐다.

아들이 불쌍하다고 한 내 말에, '우상'이라고 내뱉는 그의 소리가 내 가슴을 후벼팠다. 가난하다고 감정까지 없는 건 아니다. 솟구치는 울분을 진정시키기 힘들었지만 꾹 참았다.

'당신의 아들은 부모가 아침밥을 해 먹여 학교 보내겠지만, 아내가 없는 나는 생활이 어려워 내 아들에게 아침밥도 못 챙겨줍니다. 당신의 아이들은 밤늦도록 공부하면 간식도 챙겨주곤 하겠지만, 내 아이는 밤늦도록 공부해도 간식 한 번 사 먹이지 못합니다.' 엄마가 챙겨주는 아침밥을 먹고 학교 가는 아이가 우상인지, 아침을 챙겨주는 엄마가 없어 밥도 못 먹고 학교 가는 아이가 우상인지 묻고 싶었지만, 차마 입이 떨어지지 않았다. 예배가 끝났다. 자존심이 몹시 상하고 마음도 개운치 않았다.

울적한 마음도 진정시킬 겸 금정산에 올랐다. 울분이 풀리지 앉아 기도는 하지 않고 하늘만 멍하니 쳐다보았다. 뭉게구름이 바람 따라 무심히 흘러가고 있었다.

멍한 정신으로 숲속 나무들을 바라보았다. 거센 바람에 꺾인 소나무의 상처가 순간 내 눈앞에 다가왔다. 꺾인 상처에 진한 송진이 눈물자국처럼 엉겨 있었다. 한동안 부러진 소나무 가지에 엉겨 붙어 있는 송진을 바라보고 있을 때다. 그 소나무는 나에게 죽지 말고 살아야 한다고 속삭이는 듯했다. 동병상련同病相憐이랄까. 소나무는 말 못 하는 수목일지라도 세파에 시달리는 내가 가엾게 보였던 것일까. 그 나무는 나에게 다시 말했다. 나무의 무늬가 괜히 멋으로 만들어진 줄 아느냐고.

소나무의 속삭임을 듣는 순간 나도 모르게 감정이 북받쳤다. 눈물이 주르륵 흘렀다. 가슴속에서 불덩이 같은 것이 솟구쳐 올랐다. 바위 위에 얼어붙은 듯 내 몸은 작은 바윗덩이가 되었다. 소나무의 상처는 송진이라는 눈물로 치유가 되어 옹이가 되지 않았는가. 고통이 응어리진 소나무의 옹이는 상처로 더 단단해지고 아름다운 무늬로 아로새겨졌을 것이다. 옹이의 무늬가 있는 가구는 그 무늬로 하여금 오히려 나무의 강인한 의미가 더해진다.

한바탕 울분을 토하고 나니 마음이 편안해졌다. 그렇게 괴롭히던 미움이 보이지 않았다. 모든 고난은 외부에서 온 것이 아니라 나의 부족함 때문이다. 내 생각을 모르는 그 사람이, 남자만 있는 집에 누가 심방을 가느냐고 말하는 것이 이해가 되었다. 또, 내 가정을 위해 기도하며 아들이 우상이 되지 않게 해 달라는 사람도 이해할 수 있었다. 그 사람들은 자기의 생각에 따라 말을 했을 것이고 기도했을 것이다. 만약 나도 그와 같은 위치에 있었다면 그와 같은 말과 행동을 했을지 모른다는 생각이 들었다.

그런 일이 있고 난 후로 교인과의 대화를 자제하였다. 나와의 소통을 위해 다른 길을 모색했다. 그 길은 오로지 내 마음을 전달하는 글쓰기였다. 울며 웃으며 백지 위에 끄적거렸다. 속을 털어놓는 글쓰기는 내 마음을 추스르게 했다.

꺾인 소나무의 상처를 보고 슬픔을 토해냈던 때가 엊그제 같다. 지난 일들은 반면교사가 되었다. 그 일이 있은 후부터 이제까지 누구에게든 긍정의 말과 칭찬의 말을 해준다. 벌써 이십수 년 전의 일이다.

아들에게

사랑하는 아들아!

네가 결혼하여 내 품을 떠나고 없는 집은 빈집같이 휑하다. 이제야 네가 집에 없다는 것이 실감나는구나. 직장에 다니며 바쁘게 일할 때는 모르겠더니 무료하게 쉬다 보니 외로움과 함께 지난 회한이 밀물처럼 밀려든다.

네 엄마가 갑자기 쓰러져 중환자실에 누워 있던 때, 네가 엄마 보러 병원에 온다고 하기에 어린 네가 충격을 받을까 봐 나는 한사코 말렸다. 걱정이 돼서 그랬으니 이해하여라. 너를 두고 눈을 감지 못하던 너의 엄마에게 걱정하지 말라고 말해 줬

단다. 그 말을 알아들었는지 못 알아들었는지 엄마의 힘없는 눈동자는 천장만 바라보더라. 슬픔이 너무 깊으면 아예 눈물조차 나오지 않는다는 사실을 그때 비로소 알았다. 엄마가 저 먼 하늘나라로 우리와 영원한 이별을 할 때, 네가 받아야 할 아픔과 충격에 안절부절못하다 보니 아비는 슬픔을 토해낼 여유도 없었다.

이 아비의 앞길은 왜 그리도 꼬였는지. 네가 본과 일 학년 때, 내가 일을 하다 경추를 크게 다쳐 수술하고 13개월이나 입원해 있었지. 하지만 퇴원 후에도 일 년여 동안 아무 일도 못하고 목 보호대를 한 채 병원을 오가며 요양을 해야만 했단다. 의사 공부가 그렇게도 힘들다는 그때, 나의 육신은 썩은 나무토막처럼 너에게 아무런 도움이 되지 못했다. 눈에 넣어도 안 아플 아들에게 '사랑한다!'는 말 한마디 할 수 없는 세월 앞에 애절한 마음만 복받쳤다.

수술 후 목을 자유롭게 움직일 수가 없어 이 년여 동안이나 너에게 밥 한 끼 내 손으로 못해 준 것이 쇠못처럼 내 가슴에 박혀 있다. 그런 악조건 속에서도 안락동에서 토성동까지 먼 거리를 오가며, 굶주림을 참아가며, 너는 열심히 공부를 해주었지. 네가 어쩌다 시간에 쫓길 때는 집에 오지도 못하고 학교나 병원 복도에 있는 긴 의자에서 새우잠을 자며 공부를 했다는 소리를 들었다. 가슴이 절절하게 아팠지만 그래도 아무것도 해줄 수 없는 아비 마음은 너무 안타까웠다. 그 모진 시련을 겪으면서도 성장하여 네가 의사가 되었구나.

네가 수진이와 결혼을 한다기에 애비가 극구만류했던 것은, 부잣집에 장가가면 너의 앞길이 좀 수월하게 열릴 것이라 여겼기 때문이다. 가난한 아비 밑에서 자란 네가 불쌍하여 그랬던 것이다. 가난이 가슴에 한이 되어 그랬던 것이니 이해하여 주고 용서하여라. 게다가 건강도 썩 좋지 못한 아비를 부양하려면 생활비도 많이 들 게 뻔해서 한 소리였을 것이다.

사랑하는 내 아들아!

오늘도 습관적으로 네 방문을 열려다 멈칫하곤 곧장 내 방에 들어왔다. 네 뒷바라지를 잘 못한 회한에 잠겨 눈물로 베갯잇만 적셨다.

너를 장가보낼 때가 되니 너의 엄마 생각이 더 간절해졌다. 네 엄마를 처음 만났을 때 신앙생활을 하는 믿음 하나만 보고 결혼하였지만 영화도 한번 누리지 못하고 세상을 떠나고 말았다.

너의 결혼식을 몇 주 앞둔 어느 날부터 마음이 이상해지더라. 입맛도 없고 마치 낯선 벌판에서 좌표 잃은 사람처럼 멍해지더구나. 그 길로 혼자 너의 엄마 산소에 갔다. 의젓한 의사가 된 너의 모습도 보지 못하고, 아들이 장가가는 좋은 날 기쁨도 함께 나누지 못하고 멀리 가버린 야속한 사람이라고 묘비 옆에 앉아서 눈시울을 붉히며 구시렁거렸다.

온갖 고생을 견뎌내고 결혼예식장에 어엿이 선 너의 모습을 기쁨으로 지켜보던 아비의 눈에서 눈물이 주르르 흐르더구나. 조마조마한 마음으로 살아온 지난 시간의 흔적들, 순간 너의 모습이 대견해서 기쁨을 참을 수가 없었다. 주체할 길 없이 눈물만 두 뺨을 타고 흘러내렸다.

결혼식을 마친 다음날, 잠에서 깨어보니 몽둥이에 흠씬 두들겨 맞은 것처럼 온몸이 쑤시고 결리더라. 몸살이 난 모양이다. 결혼식이 끝나고 엄마들이 몸살로 앓아 눕는다더니 내가 딱 그 모양이 된 것 같았다.

자신의 인생보다 자식의 인생을 우선순위에 두는 것은 모든 부모의 마음일 것이다. 내 마음도 그랬는데 어처구니없게도 나는 너에게 상처만 안겨주었지. 아비는 지인의 권유로 재혼을 했지만 행복해야 할 꿈은 조각나 버리고, 오히려 그로 인해 생지옥 맛을 보았구나. 그때 나는 너의 가슴에다 못질을 했으니 말이다. 그런 시련을 겪고도 아비의 말이라면 잘 따라 주니, 네가 얼마나 고마운 효자인지 말로 표현하기 어렵구나.

네 엄마가 세상을 떠난 지 일 년 후였다. 네가 고등학교 1학년 때 진로를 바꾸어 의사가 되겠다고 했지. 네가 법관이 되겠다는 꿈을 가지고 있었는데 병으로 쓰러진 엄마를 생각하는 마음으로 의사가 되려고 하나 보다고 짐작은 했다. 그러나 우리

가정 형편을 돌아보니 내 마음은 종잡을 수가 없었다.

법관이 되겠다는 꿈은 접고, 엄마와 같은 사람을 고쳐 보겠다며 오직 외길 의학공부만 꾸준히 해 왔지. 이제는 순환기내과 전문의가 된 너를 보면 '네 꿈을 이루었구나.' 싶어 내 가슴이 뿌듯하기 이를 데 없다.

네가 고등학교 1학년 때 품었던 마음으로 모든 환자들을 정성껏 치료해 준다면 그분들도 너의 정성스러운 진료에 감동을 받아 마음도 상처도 빨리 회복될 것이라 믿는다. 그게 바로 네가 꿈꾸던, 의술로 선한 영향력을 사회에 끼치는 것이 아니겠느냐.

내가 네게 바라는 게 있다면 네 아내에게는 든든한 기둥 같은 남편이 되는 것이고, 자녀에게는 훌륭한 아버지가 되는 것이며, 양가 부모에게도 효성이 지극한 아들이 되는 것이다.

사랑하는 내 아들아!

그동안 아비 노릇 제대로 하지 못해 미안하다. 너에게 미안하다고 말하지 못한 것은 오히려 그 말이 못난 아비의 사치스러운 핑계로 들릴지 몰라서였다. 세상의 모진 풍파에 휩쓸렸던 이 못난 아비를 이해해 주렴.

지금까지도 아버지로 인해 너의 가슴에 상처가 남아 있다면 이 편지를 읽고 깨끗이 아물어졌으면 좋겠다.

아비가 두 손 모아 너의 장도에 축복을 빈다.

사랑하는 아버지께 보내는 편지

아버지. 먼저 마음과 뜻과 힘을 다하여 집필하신 글들이 모여 이렇게 소중한 수필집으로 발간된 것을 진심으로 축하드립니다. 지난 2년여간 글을 쓰기 위해, 즐거움으로, 또 배움을 위하여 읽은 수백여 권의 책이 아버지의 서재에 차고 넘치게 쌓여 있는 것을 보면서 '우리 아버지 참 대단하고 존경스럽다!' 하는 마음이 절로 생기는 한편, 바쁘다는 핑계로 일 년에 한 권의 책을 읽기도 힘겨워 하는 제 모습이 조금 부끄럽기도 합니다. 그리고 무엇보다 외롭고, 쓸쓸하고, 허무하게 보낼 수 있는 황혼의 시간에 아버지께 독서와 글짓기라는 고매한 취미이자 사명을 발견하게 하시고 정진하게 하신 하나님께 감사드립니다.

어릴 적 국민학교 시절, 학생 생활기록부에 부모님의 학력을 기입하는 란이 있었는데, 그걸 적을 때마다 아버지의 최종 학력이 남들 볼까 부끄러워 손이 오그라들었던 기억이 납니다. 하지만 국민학교 졸업이 배움의 전부였던 아버지가 지금은 대학을 졸업하고도 쉽게 하기 힘든 수필을 쓰시고 작가로 당당히 등단하셨습니다. 이제 아들에게 아버지는 그 어릴 적 부끄러움에서 빛나는 자랑으로 변하셨습니다.

제가 중학교를 입학해서 대학을 졸업할 때까지 아버지는 세상과 힘든 싸움을 싸우며 끝까지 버티어 내셨습니다. 어머니와 사별로, 지독한 가난으로, 여러 가지 질병으로 고통 받고 많이 우셨지만 하나님을 향한 믿음 잃지 않고, 쉼 없이 기도하며, 사춘기로 철없이 반항하는 저를 끌어안고 끝끝내 길고 긴 어둠의 터널을 걸어 나오셨습니다. 아들이 이 지면을 빌려 아버지께 감사의 고백을 전하고 싶습니다. 아버지. 그때는 제게 보이지 않았던 것이 이제는 조금씩 보입니다. 그때는 제가 알 수 없었던 것이 이제 조금은 알 것 같습니다. 저를 위해 하나님께 눈물로 부르짖었던 아버지의 기도가, 제가 잘못된 길로 엇나가지 않게 끝까지 참고 기다리고 손 잡아주셨던 아버지의 사랑이 지금의 저로 설 수 있게 한 것임을 이제야 알겠습니다. 최근에 제가 다니던 교회에서 예배를 드리는데 찬송가 432장을 예배 중에 성도들과 함께 하나님께 불러 드렸습니다.

"큰 물결이 설레는 어둔 바다 저 등대의 불빛도 희미한데 이 풍랑에 배 저어 항해하는 이 작은 배 사공은 주님이라 나 두렴 없네 두렴 없도다 주 예수님 늘 깨어 계시도다 이 흉흉한 바다를 다 지나면 저 소망의 나라에 이르리라."

이 찬송을 부르는 내내 저의 눈에서 눈물이 끊임없이 흘러내렸습니다. 찬송을 부르는 중에 제 머릿속에 오래전 월세 2층 단칸방에서 아버지와 함께 가정 예배를 드리던 모습이 떠올랐습니다. 밀린 월세와 하루살이가 너무나 버겁고 대학 등록금을 마련하기가 막막하기만 했던 그때에, 믿음으로 하나님께 이 찬송을 올려 드린 아버지와 그 믿음의 찬송에 응답하시고 찬송의 가사대로 우리 가정을 인도해 주신 하나님을 만날 수 있었습니다. 아버지. 삶의 어려운 시간 가운데 하나님 붙드는 믿음의 본을 보여 주셔서 감사하고, 저를 위해 일평생 헌신하신 그 사랑에 말과 글로 표현하기 힘든 감사와 사랑을 전합니다.

아버지. 이제 저도 한 가정의 가장이 되었습니다. 아름답고 귀한 아내를 맞이하여 사랑스럽고 귀여운 딸과 아들도 선물로 받았습니다. 제가 아버지의 자리에 서 보니, 그 자리의 무게가 많이 무겁다는 것을 알게 되었습니다. 저를 키우고 붙들어 주느라 많이 힘드셨는데, 이제 저와 제 아내가 함께 효도하며 아버지의 무거웠던 어깨와 마음을 조금은 편하게 해드리고 싶습니다. 건강하게 100세까지 장수하며 하나님 주시는 평안을 누리시길 바라고 기도합니다.

만학 가운데 귀한 글 솜씨를 갖게 되신 아버지께 이제 기대하는 한 가지가 있습니다. 앞으로도 진솔한 삶의 향기가 묻어나는 글들을 많이 쓰셔서 세상의 많은 사람들에게 기쁨과 위로와 따뜻함을 전하여 주시길 바랍니다. 그리고 예수님을 알지 못하는 많은 사람들에게 아버지의 글로써 그리스도의 은혜와 구원의 복음을 증거하여 하나님께 영광 돌리는 삶을 이루어 가시길 기도합니다.

글로 다 표현하지 못하는 마음을 앞으로의 삶 속에서 전하고 보여 드리기 원합니다. 타 지역에 살면서 자주 찾아뵙지 못하면서 바쁘다는 핑계로 전화로 연락도 자주 드리지 못해 죄송합니다. 앞으로 더욱 효도하는 아들이 되도록 힘쓰겠습니다.

감사합니다. 사랑합니다. 아버지.

대성 올림

이용수의 《덕분에》 : 작가의 수필 미션과 자아 정립

박양근(문학평론가, 부경대 명예교수)

열면서: 작가의 세 기둥

세상은 거미줄처럼 짜인 집과 같다. 거미가 바람에도 끄떡없는 집을 만들듯이 사람도 무너지지 않을 집을 짓는다. 그것은 육신이 아니라 영혼이 살기 위한 집이다. 그리하여 누구나 그의 삶이 좋은 인연으로 엮이기를 기다리고 의미 있는 만남이 이루어지기를 원한다.

좋은 인연을 맞이하려면 정성과 배려를 주고받아야 한다. 이용수 수필가는 심성 깊은 사람과 좋은 수필을 만난 것을 무엇보다 귀한 인연이라 여긴다. 하지만 그의 삶을 돌아보면 평생 정성과 이해와 배려의 삶을 살아왔지만 현실은 그에게 너그럽지 못했다. 가난한 초막골에서 나무를 하면서 어린 시절을 보냈고 어른이 되어서는 상처를 당하고 궂은 직장 일을 해야 했다. 말 그대로 가난한 삶을 견뎌야 했다. 그럼에도 불구하고 험난한 시절을 극복하고 마침내 이용수는 작가가 되었다.

이용수의 삶을 버티게 해준 것은 무엇일까. 그에게는 오직 세 가지 기둥뿐이었다. 하나뿐인 아들과 간절한 신앙과 문학에 대한 열정이다. 자식은 시련을 이겨나가도록 해준 분신이고, 신앙은 영혼을 지켜준 수호자이며 문학은 완숙한 삶으로 안내해준 길잡이였다. 셋이 어울려 찬란한 꽃을 피웠다. 이렇듯 이용수가 역경을 이기고 아들을 훌륭하게 키운 노력을 알면 진실이 언제나 보답을 받는다는 것을 알게 된다.

문학은 영혼의 고백이다. 그중에서 수필은 작가의 현재를 숨김없이 보여주는 자서이다. 뿐만 아니라 과거의 모든 모습을 합친 진솔한 고백이면서 미래를 위한 희망도 담고 있다. 수필을 나상의 문학으로 부르는 이유도 밝음에 못지않은 어둠을, 영화보다는 빈곤을, 웃음에 가려진 상처를 합쳐 진실의 집짓기를 하기 때문이다.

이용수 작가는 평자와 7년 가까이 함께 울고 웃으며 지내온 도반 중의 한 분이다. 그는 한편 한편마다 지나온 길을 숨기지 않고, 참으로 진지하고 진솔하게 자신의 인생을 구술한다. 오직 '진실되게'라는 글쓰기의 미션을 한 문사로서 자아를 정립해 나간다. 미문으로 자신을 호도하려는 문학판에서, 알릴 것만 알리는 유행판에서 의롭게 피워 올린 한 송이 들꽃이 이용수의 삶이며 문학이다. 그 결실의 담론이 첫 상재한 《덕분에》이다.

제1장: 작가의 영혼과 신앙

첫 수필집 《덕분에》는 '지금 여기'에 자리한 이용수의 인생록 자체이다. 동시에 '덕분에'라는 말은 작가의 인격을 나타내는 키워드로 간주할 수 있다. 사람들은 선생 탓, 너 탓, 부모 탓, 운명 탓, 자식 탓으로 자신의 부족한 부분을 회피하곤 한다. 반면에 이용수는 주변사람들에게 은혜를 돌리는 삶을 살고 있다. 하나님 덕분에, 아들 덕분에, 며느리 덕분에, 문우들 덕분에, 심지어 수필 덕분에…. 삶의 길라잡이인 "덕분에"로 인해 그는 나날이 창신한다. 인생에 문학이 필요하고 문학에 인생이 존재하는 이유를 그에게서 찾으려는 이유가 여기에 있다.

이용수의 삶을 읽노라면 신앙심이 생의 토대임을 수긍하게 된다. 종교는 초막골에 살 때 외부사람과 만나고 신문화와 교류를 맺어준 입구이다. 일곱 살의 나이에 기독교 신앙을 접한 그는 역경의 파도가 밀려올 때마다 신에 대한 믿음을 더욱 굳혔다. 정신적 믿음이 삶에 어떤 역할을 하는가를 알려주는 사람이 있다면 그가 이용수이다.

열두세 살쯤 새벽기도회에 다니면서 "하나님을 믿는 것이 이렇게 좋은 줄"을 몰랐다고 회상하는 일화가 있다. 새벽기도에서 그는 성령에 힘입어 신과의 만남을 체험한다.

> 그날은 전도사가 말하는 설교의 의도를 잘 헤아릴 수 있었다. 그 이후에도 전도사가 새벽기도 시간에 간혹 나에게 기도를 시켰다. 그때도 그런 신비스런 현상이 일어났다. 모르긴 해도 그때부터 나의 신앙생활은 더욱 탄력을 받지 않았나 싶다. 그러나 현실은 내 생각대로 되지 않았다. 내가 일요일에 교회 가면 형은 지게 작대기로 나를 때렸다. 그렇게 맞고도 예배시간에 맞춰 교회에 갔다. 맞아가며 교회 가는 것이 외롭고 허전했다.
>
> – 〈작대기 신앙〉 일부

신앙 고백이 담긴 그의 작품에는 간증, 기도, 기적, 응답과 같은 기독교식 언어가 발견된다. 이런 용어들은 그의 삶과 신앙생활간의 일치를 알려주는데, 그 대표작이 〈말뚝〉이다. '말뚝'은 역경을 맞이해서도 흔들리지 않는 의지력의 상징으로서 작가의 일상에서 중심을 차지한다. 이용수는 "말뚝은 강하고 튼튼하다"라고 말할 뿐 아니라 "말뚝은 많이 두들겨 맞을수록 깊이 박히고 견고히 제자리를 지킨다."는 이치를 의심하지 않는다. 두들겨 맞을수록 강해지는 것은 육체가 아니라 정신적인 의지가 아닌가. 정신적 의지 중에서 가장 강한 것이 신앙인 점에 누구나 동의한다.

큰 도회지에서는 고층 건축물이나 긴 다리를 자주 본다. 그런 건축물을 세우기 위해 수많은 콘크리트 말뚝이나 강관(H빔) 말뚝을 먼저 박는다. 수없이 쏟아지는 망치질에도 든든히 서있는 말뚝은 아무런 말도 못하고 땅속에 깊이 박힌다. 땅속 깊은 곳에 그대로 서 있는 이유는 건축물의 지지력 때문이다. 망치에 많이 맞아 깊이 들어간 말뚝일수록 그 위의 건축물은 더 높게 올라간다.

– 〈말뚝〉 일부

건축공사장의 말뚝은 세상풍파와 고난을 극복하고 우뚝 선 사람의 형상과 같다. 고진감래라는 말처럼 성공의 뒷면에는 상처도 있지만 시련을 온몸으로 맞선 용기가 있다. 이용수가 보여주는 신과 인간과의 관계는 막대기로서 기독교인을 뜻한다. 기독교믿음이 말뚝이라는 표현은 결코 과장이 결코 아니다. 담백하면서도 진솔한 믿음에서 나온 고백이다. 그는 난해한 전문용어나 미사여구를 거부하고 자학자습한 언어로 고백한다. 그의 수필이 쉬우면서 가슴 저리는 감동이 우러나는 까닭은 컴컴한 어둠에서 두 손 모아 신에게 바치는 기도 같은 소통력을 갖기 때문이다. 가방끈이라는 시류를 거부하고 문학이라는 고향에 다다른 돈오돈수의 경지라 하여도 지나치지 않다. 본의 아니게 일찍 문 닫은 공부와 달리 소년기에 시작한 신앙은 지금도 더없이 깊어만 간다.

이용수 수필가는 남다른 열정으로 치열하게 공부하고 독서

하고 글을 쓰는 가운데 경이로운 자아인식과 자아계발에의 성과를 거두었다. 평자는 7년에 걸쳐 그와 함께 수필을 공부하는 가운데 지극히 겸허한 자세와 낙천적인 인생론에서 수필가들이 가져야 할 지표를 구현하고 있다는 점에 늘 경의를 갖는다.

제2장: 작가의 삶과 부성애

수필은 언어로 그려내는 자화상이다. 수필 이론을 빌리든, 수필가 나름의 생각을 인용하든 수필은 성격상 자아에 대한 성찰과 인간에 대한 이해라는 견해에서 일치한다. 그래서 수필을 쓴다는 의미는 자신의 삶을 부활시키는 것과 같다.

초등학교 시절 그는 나무를 하여 살림을 도와야 했던 지게소년이었다. 보릿고개라는 전형적인 시대의 아들이면서 역경을 이겨낸 개발시대의 청년이었다. 청운의 꿈을 고향 바위에 새겼지만 집안 형편상 개인적 성취욕을 억눌러야 했다. '나는 낫 끝으로 힘껏 바위를 쪼아 내 이름 석 자를 새겨 넣었다.'고 하듯이 초막골은 빈곤을 젊음의 꿈으로 승화시키기에는 여러모로 미흡한 공간이었다. 이런 상황을 극복하여 후일 성장의 견인력으로 남았다.

이러한 청운의 빛은 나이를 먹었을 때까지 그의 의식에서 사라지지 않는다. 전화위복이랄까. 초막골은 마침내 '소년 시절의 희로애락이 고스란히 묻어있는 한 폭의 산수화'로 남아 삶을 극복한 추억의 배경이 된다.

삶의 죽비는 〈숙성된 졸업장〉에 비감하게 그려져 있다. 가정형편상 단 한번의 '월사금'을 내지 못하여 초등학교 졸업장을 받지 못하게 되었다. 그때의 아픔을 잊지 못한 작가는 육십 년이 지나 민원을 통해 졸업장을 우편으로 전달받는다. '빛나는' 것이 아니라 '퇴색한' 졸업장이지만 가난했던 유년기, 목말랐던 배움, 만년의 수필가로의 등단을 모두 포함하는 감격스런 형상체이다.

> 가정형편상 초등학교 학력에서 마침표를 찍었다. 지나간 육십 년을 더듬어보니 내가 걸어온 여정은 만만하지 않았다. 먹구름이 끼듯이 우울한 날도 있었고, 세찬 비를 맞는 날도 무수히 많았다. 성경에 '울며 씨를 뿌리러 나가는 자는, 반드시 기쁨으로 그 곡식 단을 가지고 돌아오리라.'는 글이 있다. 나도 지난 날 눈물을 흘릴 만큼 흘렸다. 요즘의 만족스러운 삶은 그때의 고통을 참고 견뎌낸 보람이리라 믿는다.
>
> – 〈숙성된 졸업장〉 일부

초등학교 졸업장은 지금 책꽂이에 꽂혀 죽비 역할을 한다. 한시라도 게을러지면 그것이 마음의 채찍인 양 느껴진다. 이처럼 졸업장은 한 장의 종이가 아니라 육십 년이라는 시공을 넘어 언어로 승화된 점에서 그의 지적 성숙이 이룬 발전을 선명하게 보여준다.

지난 삶은 순조롭지 않았다. 과거를 돌이켜볼 때 가장 당당했던 시절은, 양복을 입고 정시에 출퇴근하는 부산우체국 근무 때였다. 그 시절은 이내 지나버리고 경제적 위기에 다다른다. 소금 가마니를 가볍게 머리에 이던 어머니가 병마에 쓰러지고 빚더미에 이기지 못한 아내도 세상을 떠나면서 빚과 외아들만 남겨진다.

외아들에 대한 기대는 〈살아야 할 이유〉에서 세세히 밝힌다. 아내가 남기고 간 빚을 갚으면서 다른 한편으로는 자식 공부를 시키느라 긴장을 풀 수 없었다. 언젠가 아들과 웃으며 살리라는 꿈도, 당시로는 너무나 막막한 신기루였다. 할 수 있는 일은 "언제나 땀 흘리며 일 하는 것"뿐이었을 정도로 아들의 등록금 마련을 위해 간절히 기도를 하기도 했다. 이처럼 그가 살아야 할 이유는 아들과 아들의 성공에 있었다.

> 아들은 내 삶의 희망이며 미래였다. 또한 아들이 아니었다면 삶의 무게를 견디지 못하고 세상을 등졌을지도 모른다. 아들이 고아가 된다는 생각만으로도 끔찍했다. 언젠가는 아들을 통해 제대로 된 인생을 살 수 있으리라는 믿음이 없었더라면, 이 시련을 견뎌내지 못했을 것이다.
>
> – 〈살아야 할 이유〉 일부

아들은 아버지의 기대에 부응했다. 고등학교 내내 장학금을 받았고 의과대학을 졸업하고 의사가 되었다. 자식은 그를 위해 헌신적으로 일을 하는 아버지의 정성에 보답하는 것은 공부뿐이라는 점을 뼈저리게 알고 있었다. 당연히, 부단하게 노력하였다. 자식농사는 부모의 희망만으로 이루어지지 않는다. 자식의 처절한 노력이 필요하다. 지성이면 감천이라는 말은 어쩌면 두 부자의 정성에 신이 감복하였다는 뜻일 수도 있다. 작가도 아들의 성공에 호응하며 "초막골 부모님의 명예에 누를 끼치지 않는 아들이자 자손들에게도 부끄럽지 않은 사람"이 되겠다고 다짐한다. 솔선수범을 실천하는 것을 자신의 삶 자체로 여기는 것이다.

그의 처지를 도와준 사람도 적지 않다. 부자를 위해 N 교수가 기도를 했다는 고마움을 담은 〈고마운 눈물〉, 설비기사로 근무할 때 직원으로부터 시름이 있으면 웃음이 있다며 사람대접을 해준 기억을 재현한 〈그날 저녁〉, 하수도를 고쳐준 집에서 과일 대접을 받은 호의를 되살린 〈어느 여인의 눈물〉 등은 한결같이 자식에게 헌신하는 삶을 격려해준 대표작들이다.

이용수의 인생철학을 대변하는 작품은 〈감사하다〉이다. 야박한 세상이지만 수렁에 빠진 이웃의 손을 잡아주는 사람은 도처에 있다. 이것이 살아갈 만한 이유라고 그는 말한다. 작은 도움일지라도 감사하는 마음을 가지면 자신의 주변이 훈훈해진다. 그 조응으로 이용수에게 경제적 안정과 아버지로서의 보람을 얻는 오늘이 찾아왔다. 이런 기쁨을 작가는 "강해진 나무"의 형상화와 "움츠렸던 어깨가 활짝 펴졌다."는 몸 언어로 표현한다.

> 요즘은 전에 보이지 않던 아름다운 산천초목도 내 눈에 보인다. 우람하고 아름다운 수목도 지금까지 살아오면서 흔들림이 많았을 것이다. 자신을 막무가내 흔들어 대던 모진 바람을 피하지 않고 고스란히 맞으며 견뎌온 나무의 의지가 강하고 굳세어 보인다.
>
> －〈감사하다〉 일부

이용수의 인간승리는 무엇을 우리에게 깨우쳐주는가. 시련을 순연하게 활용할 때 인생의 보람과 성과는 더 커진다는 사실이다. 이러한 한평생의 삶은 쉽게 이루어지지 않는다. 종교적 신앙이 받쳐주고 가족과 인간에 대한 헌신과 믿음이 있어야 가능하다. 무엇보다 자기노력이 필요하다. 그래서 '무관심하고 냉정한 사람을 만나도 반기듯 웃으며 인사한다.'는 이용수의 실천덕목은 '바보의 미학'이랄까. 진실로 삶의 정수를 깨달았을 때 이루어지는 경이로운 변신이다.

제3장: 작가로의 여정

이용수에게 말과 글과 문학은 무엇인가. 살아가기 위해서 의식주가 충분하면 된다고 말하지만 완성된 인격체가 되려면 정신적 자산이 요구된다. 인간은 무엇이 자신의 삶을 유지해 주는가를 깨달을 필요가 있다. 소크라테스가 "너 자신을 알라." 라고 말하고 데카르트가 "나는 생각한다. 고로 존재한다."고 말했을 때의 '앎'은 단순히 현실적 지식이 아니라 자신이 어떤 실존적 가치를 지녀야 하는지를 경계하라는 잠언 역할을 한다. 〈숙성된 졸업장〉이 밝혔듯이 변변한 교육을 받지 못하였지만 누구보다 글의 존엄성을 일찍이 깨달았다.

이용수는 말이 지닌 한계를 극복하고 책이 지닌 힘에 의지하려고 노력한다. 〈말과 말〉에는 한때 뒷담화와 험담으로 상처를 받았다는 점을 부인하지 않는다. 그때의 경험으로 말에는 잠금장치가 없다고 생각했다. 그래서 〈정신의 산소〉에서 글 읽기와 책이 지닌 생명의 진수를 더더욱 강조한다. 이것이 스스로의 힘으로 문학과 학문에 들어서게 한 계기가 된 것은 말할 필요가 없다.

> 글을 읽는 것은 지식을 얻으려고 하는 것이다. 더 나아가 지혜도 얻고 싶어서일 것이다. 글을 읽어나가는 과정에서 지혜는 눈에 보이지 않는다. 그러나 글을 읽다 보면 살아가는 데 있어 매우 중요한 것이 마음속에 만들어진다. 학문은 깊이 있는 생각을 하게 하고 새로운 것을 창조하게 한다. 창의적인 글을 쓰는 데도 큰 도움을 준다. 이렇듯 독서는 즐거운 것이다.
>
> – 〈정신의 산소酸素〉 일부

이용수는 자신의 삶을 받치고 있는 세 번째 축이 문학이라고 선언한다. 요즘도 기회가 있으면 "글의 힘으로 살"고 "책은 나에게 친구이자 최고의 스승이다."라고 말한다. 책은 그의 마음의 상처에 산소 같은 생기를 불어넣어 준다. 이러한 가운데 수필이라는 '낚싯바늘'을 기꺼이 쥔다. 이것을 걸렸다고 표현한다. 아들이 중3이었을 때 받은 심적 충격을 잊을 수 없기 때문이다. 아들을 격려하기 위하여 글을 몇 자 적어 아들의 책상 위에 올려두었다. 그러던 어느 날 "아버지, 한글부터 제대로 배우세요."라는 아들의 말을 듣는다. 그때 아버지로서 깨달은 것은 "배움에 관한 것은 내 죄"라는 사실이었다. 이후 예순여섯의 나이에 문학공부를 개시하면서 언젠가는 "글쓰기를 제대로 배워 감동적인 글을 써서 아들에게 보여주고 싶"은 소박하면서도 절박한 꿈을 꾼다. 그는 글공부 의욕을 낚싯바늘로 비유했지만 현실에서 문학의 길은 고행의 연속이었다. 거인을 대하는 소년 다윗과 다르지 않았다. 〈낚싯바늘〉 외에도 이러한 도전과 성공을 적은 작품으로 〈늦바람〉, 〈글 농사〉, 〈덕분에〉 등을 찾을 수 있다.

〈늦바람〉은 이용수의 문학여정의 시작과 끝과 중간을 함께 보여주는 대표작이다. 이 작품에서 글의 길에 들어선 이유와 자식에게 위로의 글 한편을 써주고 싶었다는 '절실한 소원'을 밝힌다. 그 목적을 위하여 작가는 수필쓰기에 매진한다. 수필

수업을 한 번도 빠진 적이 없을 정도로 정성이 지극하였다.

> 잠자리에 들었다가도 글감이 떠오르면 일어나 불을 켜고 주제와 줄거리를 메모해 둔다. 이럴 때 내 모습을 누가 본다면 실성한 사람으로 보지 않을까. 이성 간에도 바람이 들면 남의 눈치는 뒷전이라더니 내가 글에 바람 난 게 맞나 보다…. 바람이라고 다 나쁜 것은 아니다. 나는 이 바람 덕에 신이 나고 좋은데 어쩌리.
>
> –〈늦바람〉 일부

이용수는 '글 짓는 농부'가 되었다. 늦깎이가 입시공부 하듯 독서와 창작에 매진하는 가운데 농사일과 글 쓰는 일이 동일하다는 깨침을 얻는다. 농사의 성공 여부가 날씨와 흙과 종자의 속성에 좌우된다면 글짓기도 사물의 이치를 깨닫고 언어와 상상의 요체를 습득해야 한다는 것이다. 논농사처럼 글 농사도 정신적 육체적 고통이 따르는 것을 당연시 여긴다. 마침내 그는 자신의 삶과 인생론을 〈덕분에〉를 통하여 당당하게 가족과 친구와 사회에 보여주게 되었다.

이용수의 글에 대한 욕심은 소박하다. 작가로서의 이름을 얻는 것 이외에 떳떳한 아버지와 할아버지가 되기를 원한다. 그는 사회적 지위보다 정신적 풍요로움을 더 자랑하고픈 인간이자 작가이다. 손녀가 태어나 〈초짜 할배〉가 되었을 때의 보람을 지은智恩이라고 손녀의 이름을 작명한 것에서 찾는 것도 "공부하는 사람에게는 장사도 당하지 못한다."는 금언을 물려주기 위해서였다. 그 가르침을 이루어낸 작가의 이면에는 한 권의 수필집을 가족들에게 가장 고귀하고 위대한 유산으로 전해주고자 하는 꿈이 바탕이 되어 있다.

> 글 농사를 지은 지 어느덧 수년의 세월이 흘렀다. 그간 등단도 하고 작품도 여럿 발표했다. 묘목 정도는 되었지만, 그래도 문학적인 요소를 갖추는 일 앞에서는 쩔쩔맨다. 하지만 쓰고 또 쓴다면 언젠가 원하는 글이 쓰이리라 믿는다. 논농사, 자식 농사, 글 농사 모두가 정성이 필요하지 않은가.
>
> – 〈글 농사〉 일부

생의 초기에는 시련의 연속이었지만 이제 그는 남부럽지 않은 삶을 누린다. 아름다운 이 보람은 신앙을 바탕으로 아들과 문학에 헌신했던 덕분이다. 이용수 작가의 삶은 감동과 공감의 결실 그 자체이다. 그 점에서 《덕분에》라는 수필집은 진솔한 개인의 평전이면서 성실한 시대적 표상으로 평가받을 만하다.

닫으며: 작가적 성실의 전범

수필의 미덕은 무엇보다도 자아 성찰에 있다. 지나간 생을 반추하고 현실을 수긍하고 미래에 희망을 지닐 때, 그가 쓴 수필은 평전으로서 시대의 등대 역할을 한다. 역경을 극복한 작가일수록 그의 의지적 체험은 바다에 떠있는 배 같은 사람들에게 더욱 밝은 희망을 준다. 이용수의 수필은 그 점에서 수필이 지녀야 할 진실성과 담백미와 독자수용성을 모두 갖추고 있다. 수필은 자기 이력이나 화려한 문장을 과시하는 것이 아니다. 작고 보잘것없고 때로는 가슴에 묻어두었던 이야기를 성실하게 전달하는 가운데 연륜과 예지를 은근히 보여주는 것이 필요하다. 이때만큼 수필이 뜨거운 감동과 충일한 인식력을 제공해주는 경우는 드물다. 이용수 작가의 문학적 열정이 이어지기를 진심으로 기원하는 이유가 여기에 있다.

이용수 수필집
덕분에

인쇄 2018년 9월 13일
발행 2018년 9월 18일

지은이 이용수
발행인 서정환
펴낸곳 수필과비평사
주소 서울시 종로구 삼일대로 32길 36(익선동 30-6 운현신화타워 빌딩) 305호
전화 (02) 3675-3885 (063) 275-4000 · 0484
팩스 (063) 274-3131
이메일 shina2347@naver.com essay321@hanmail.net
출판등록 제300-2013-133호
인쇄 · 제본 신아출판사

ISBN 979-11-5933-171-8 03810

값 13,000원

이 도서의 국립중앙도서관 출판시도서목록(CIP)은 서지정보유통지원시스템 홈페이지(http://seoji.nl.go.kr)와 국가자료공동목록시스템(http://www.nl.go.kr/kolisnet)에서 이용하실 수 있습니다.(CIP제어번호: CIP2018028625)

Printed in KOREA

※ 이 책은 2018년 부산광역시, 부산문화재단 지역문화예술 특성화지원사업의 지원을 받았습니다.